2012 제27회 소월시문학상

수상 시인 시선집

일러두기

기존의 《소월시문학상 작품집》이 2012년부터 《소월시문학상 수상 시인 시선집》
으로 그 형태가 바뀌었음을 알려드립니다. 따라서 대상 수상작을 비롯하여 우수
작으로 추천받은 5, 6인의 시인들의 작품들을 한데 모아 엮은 앤솔러지 형태에서,
소월시문학상을 받은 시인의 수상작 및 그동안 발표한 시 가운데 가려 뽑은 대표
작품을 한데 모아 엮은 시선집으로 출간됩니다.

2012
제27회
소월시
문학상

이재무
길 위의 식사

문학사상

제27회 소월시문학상 선정 이유서

　(주)문학사상이 주관하는 2012년도 제27회 소월시문학상 수상작으로 이재무 시인의 〈길 위의 식사〉 외 23편을 선정한다.

　이재무 시인은 지난 30년간 한국 서정시의 중심에 서서 일상의 삶과 그 경험의 진실성을 서정의 세계로 끌어올리며 아름다운 시 정신을 가꾸어온 중견의 시인이다. 이번 수상작이 된 〈길 위의 식사〉 등의 시편들은 각박한 현실의 삶과 그 고뇌를 인간적인 사랑으로 끌어안고 이를 정신적으로 극복하려는 의지를 시적으로 구현하고 있다. 일상의 현실에서 빠져들기 쉬운 매너리즘을 벗어나 깊이와 무게를 지닌 서정시의 본연의 모습을 지켜오고 있는 시인의 노력은 매우 소중한 의미를 지니고 있다.

　소월시문학상 심사위원회는 이 같은 이재무 시인의 시적 성과를 높이 평가하여 시 〈길 위의 식사〉를 2012년도 제27회 소월시문학상 수상작으로 선정한다.

2012년 6월 4일

소월시문학상 심사위원회

김남조 · 오세영 · 문정희 · 권영민 · 문태준

차례

2부

· 재기의 더듬이를 감춘 무광택의 기능 — 김남조
· 나의 세 가지 관점에서 앞선 작품 — 오세영
· 구체적인 삶 속에서 끌어내는 시의 미학 — 문정희
· 각박한 현실의 고뇌를 사랑으로 끌어안다 — 권영민
· '생활의 손아귀'로부터 벗어나려는 시 — 문태준

이재무

길 위의 식사

이재무 · 1958년 충남 부여에서 태어나, 한남대 국어국문학과를 졸업하고 동국대학교 대학원 국어
국문학과를 수료했다. 1983년 무크지 《삶의 문학》에 〈귀를 후빈다〉 외 4편으로 작품 활동을 시작하
여, 시집으로 《섣달 그믐》《온다던 사람 오지 않고》《별초》《몸에 피는 꽃》《시간의 그물》《위대한 식
사》《푸른 고집》《저녁 6시》《경쾌한 유랑》 등이 있고, 산문집으로 《생의 변방에서》《세상에서 제일
맛있는 밥》 등이 있다. 난고문학상, 편운문학상, 윤동주상 문학 대상을 수상하였고, 한신대 외 여러
대학에서 시 창작 강의를 하고 있다.

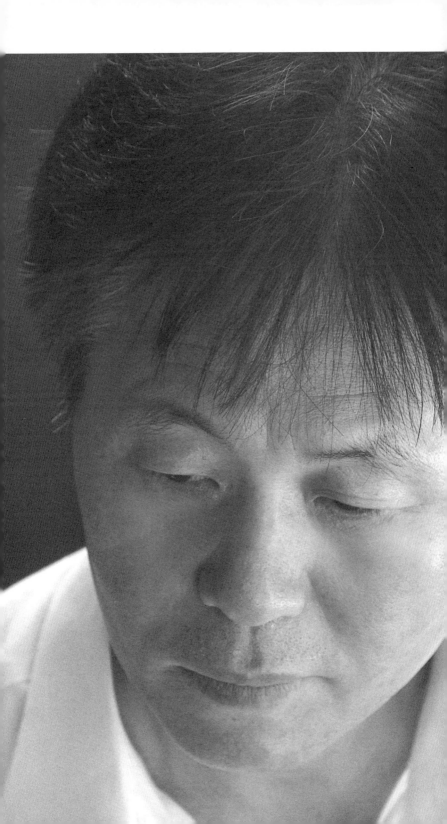

1부

소월시문학상 수상작

〈길 위의 식사〉 외 23편

길 위의 식사

사발에 담긴 둥글고 따뜻한 밥 아니라

비닐 속에 든 각진 찬밥이다

둘러앉아 도란도란 함께 먹는 밥 아니라

가축이 사료를 삼키듯

선 채로 혼자서 허겁지겁 먹는 밥이다

고수레도 아닌데 길 위에 밥알 흘리기도 하며 먹는 밥이다

반찬 없이 국물 없이 목메게 먹는 밥이다

울컥, 몸 안쪽에서 비릿한 설움 치밀어 올라오는 밥이다

피가 도는 밥이 아니라 으스스, 몸에 한기가 드는 밥이다

구름

구름으로 잠옷이나 한 벌 해입고

집에서 멀리 떨어진 나무 밑

이마까지 그늘 끌어다 덮고

잠이나 잘까 영일 없었던 날들

마음속 심지 싹둑 자르고

생활의 손아귀에서 벗어나

적막의 심해 속 들어앉아

탈골이 될 때까지 실컷 잠이나 잘까

한 잎 이파리로 태어나

천년 바람이나 희롱하며 살까

클라우드

나 한때 구름을 애모한 적이 있지
하늘 정원에서 장엄한 몽상이 감미롭던
황금의 시간대에는 지상의 가난이 슬프지 않았지
나 한때 구름의 신자로 산 적이 있지
신전에 꿇어앉아 세상 주유를 설교하는 구름의 복음 새겨
들었지
변신의 귀재인 그녀들을 재빠르게 마름질해
입은 바지로 숨차게 들길 달리던 시절
갑작스럽게 찾아온 열애로 내 몸은 자주 꽃을 피웠지
구름밭엔 얼마나 많은 비밀의 씨들이 살고 있는지
날마다 다른 형상을 꽃피우는 공중을
꿈꾸는 한 마리 새가 되어 자유로이 넘나들었지
그러나 나 이제 구름을 꿈꾸지 않네
이교도처럼 불신하며 구름에 속지 않으려 애쓸 뿐이네
2011년 3월 13일 이후
구름은 내게 저주의 신이 되었네
내 마음속 어머니의 나라에서 평화롭게 뛰놀던 몽상의
아이들 한꺼번에 자취 없이 사라져버렸네

평상

땀내 나는 가장을 벗고
헐렁한 건달로 갈아입는다

누워 부르던 노래들은
하늘로 올라가 별이 되었다
앉아 듣던 슬픔들은
기꺼이 생의 거름 되어주었고
엎드려 읽고 쓰던 말들은
나무와 꽃이 되었다

안방에서 엄하시던 아버지도
더러 농을 거셨고
부엌에서 근심 잦던 엄니도
활짝 웃곤 하였다

졸음 고인 눈두덩 굴러
머리맡에 낙과처럼 떨어지던
저녁 종소리 우련하다

시(詩)

늦은 밤 어깃장 놓는 불면

어르고 달래 가까스로 잠드는데

모기 한 마리

얼굴 언저리에 와서 귀찮게 군다

극소량의 피로 연명하는 날것들

매순간 목숨 걸어 남기는

잠시잠깐의 가려움으로

겨우겨우 존재를 증명하는 날것들

참, 나무 나라

다인종 나라 달동네 주민들처럼

참나무에는 종 다른 생명들 엇섞여 살고 있다

자잘한 분쟁과 소소한 분란 끊이지 않으나

송사가 없는 푸른 나라 벌레 주민들은

선거를 치르지 않아 위원 없고 남용 없고 횡령이 없다

지붕 없는 노천 학교에서 생활 배우고 익힌다

국방, 납세 의무는 없어도 근로 의무는 있어

자신의 끼니는 자신의 노동으로 해결한다

잉여와 투기 뉴타운과 재개발이 없는

참, 나무 나라 우듬지 구름 정거장엔 구름 차들

수시로 들락거리며 먼 이방의 소식 물어다 주기도 한다

주민들은 외지에서 날아와

감언이설 지저귀며 호시탐탐 목숨 노리는 새들이 무섭다

나무 밑동에 전기 톱날 대지 마라

한 참나무는 하나의 국가다

고통의 축복

- 오직 거대한 고통만이 영혼의 최종적인 해방자인 것이다.[*]
- 중국에서 발견된 세계 최대 공룡은 몸의 길이 18m, 높이 6m, 두개골 크기 개 정도가 되는데 다른 육식동물이 다리를 물면 아픔이 뇌까지 전달되는 데 오 분이 걸려 잡아먹히는 줄 모르는 상태로 잡아먹혔다 한다.

고통에 예민한 자여, 울지 마라

무통은 죽음의 전조

살 뭉개지고 뼈가 녹아도

도무지 아플 줄 모르는 이여,

당신은 이미 삶의 궤도 이탈한 자다

고통의 호소에 귀 기울이고

손, 발짓에 주목하여라

처녀막 같은 고통에는 거짓이 없다

산 자들의 존재 증명을

당신은 외면하거나 두려워 마라

지금 이곳, 누가 보아도 위독한데

아프지 않은 영혼의

말기 당뇨 환자들 늘고 있다

• 니체, 《즐거운 지식》.

인간은 광활해, 너무나 광활해˙

마돈나의 이상을 가진 사람이 소돔의 이상으로 끝을 맺고
소돔의 이상을 가진 사람이 마돈나의 이상을 불태운다는
사실이 끔직하다˙

열 살, 스무 살, 서른 살의 나를 떠올려본다

마흔 살, 쉰 살, 여생의 나를 떠올려본다

어느 세월의 굽이에서

마돈나의 이상을 버리고 소돔의 이상으로 몸과 마음이 바
뀌었을까

부모, 형제, 친인척, 이웃, 해, 달, 별, 물, 불, 공기, 흙, 구
름, 바람, 나무, 산, 강, 바다, 논, 밭, 언덕, 길, 꽃, 벌레, 풀,
새, 돌, 밥, 반찬, 옷, 집, 물건, 친구, 연인, 학교, 직장, 목욕
탕, 모텔, 노래방, 부동산, 책, 티브이, 영화, 비디오, 컴퓨터,
핸드폰, 버스, 비행기, 기차, 지하철, 여행자⋯⋯

우주 안에 편재하는 것들과의 관계가 나를 만든다

삶이 종착에 이르는 날

내 이상의 추는 진자 속 마돈나와 소돔 사이 어디에서 멈
춰 있을 것인가

• 도스토옙스키의 《카라마조프 가의 형제들》에 나오는 드미트리의 말.

숫겨울

가스와 기름불로 덥힌 난방

두껍게 겨입고도 마음 추워오는 날

부뚜막 온기 불쑥 그립다

쭈그려 앉은 엄니가 하염없이 넣어주는

잘 마른 나무줄기와 가지와 이파리

꾸역꾸역 받아 삼키던 아궁이의 깨끗한 식욕

밤새 차가워진 온돌의 몸을 데웠지

잘 마른 나무일수록 연기의 향과 결이 고왔지

우리 삶의 나중도 그러하리라

수평의 물 수직으로 끌어올려 살았던 나무들

불 만나 재로 남은 것은 밭으로 갔고

영혼은 연기로 날아올라 산으로 갔지

마라톤

유령으로 살지 않기 위하여
죽음의 릴레이 벌일 때마다
넘쳐나는 말 거품, 글 거품들
그러나 시시각각 태어나는
더 크고 새로운 사건들로
거품은 금세 휘발되고
생생한 비극은 시든 추문이 된다
박제가 되어가는 말들이 늘고
만인의 적은 만인이므로
죽음은 개인의 불행일 뿐이다
끓는 물 앞에 놓인 시금치처럼
미래를 모르는 싱싱한 죽음들
왁자지껄 교문 나서고 있다

비늘 없고 지느러미 없는 물고기

비늘 없고 지느러미 없는 물고기
장어와 미꾸라지는 더불어 살 줄 모른다

흐르는 물결 거스를 줄 모르고
저 홀로 이 구멍 저 구멍 파며 살다가

최후의 날 그물이나 뜰채에 건져올려져
펄펄 끓는 탕 속, 달아오른 석쇠 위에서

흐물흐물 녹고
매운 연기 피우며 타들어가는 몸뚱이
주린 입과 파리 떼 불러들인다

연(鳶)

자른 한지에 바람구멍을 뚫고
엇갈리게 대나무 살 붙이고
실 달아 방패연을 만들었다
무연한 것들끼리 포개고 얽혀
새롭게 태어나 이름 얻는 것
어디 연뿐이랴
수소와 산소가 만나 물이 되고
배추와 양념이 만나 김치가 되고
게와 간장 서로의 몸속에 스미고 배어 게장 되고
생면부지 너와 내가 만나
연인이었다가 운명처럼 한 가족 이루었듯이
인연이란 관계의 숙성 아닌가
언덕에 서서 연 날린다
실패의 실 풀었다 감았다
바람의 속도와 크기 조율하는 동안
갓 태어난 새 뿔,
우쭐우쭐 좌왕우왕 천방지축
겁 없이 하늘 찔러대며 오르고 있다
저러다 연, 줄 놓으면 연 다할 것이다

숨구멍

영하의 아침 숲 속 계곡

펄펄 끓는 솥뚜껑 들썩이는 김같이

하늘하늘 물 연기 날리고 있다

아무렴, 살아 있으니 김을 내지

투명한 물의 피부에 난 숨구멍들

근면한 노동으로 물나라 주민들

들숨날숨 잘 쉬고 있다

뒤꼍

나 살던 옛집에도 뒤꼍이 있었지
한낮에도 산에서 졸졸 흘러내려온
그늘이 고여 출렁거렸지
삶아 빤 이불 홑청 펼쳐놓은 듯 눈부신
봄날 서울의 뒤꼍 창경궁 후원
거닐며 옛 애인은 얼굴에 잔주름 지어
간간이 웃음을 보여주었지
뒤꼍에 대해 생각했네
게으른 해 맨 나중 찾아오고
바지런한 어둠 가장 먼저 찾아오던 곳
외로울 때 나를 부르던,
스스로 고아 되어 찾아가 울던,
나만의 비밀 여름풀처럼 무성하던 곳
한 시절 세상의 앞마당이었으나
역사의 뒤꼍 되어버린 창경궁 후원
거닐며 애인은 끝내 말이 없고
마음 뜰에 하늘하늘, 는개비가 내렸지

목련 피는 저녁

또 한 페이지가 건성 넘어가고 있다
줄거리 건너뛰며 대강대강 읽는 날 늘어간다
다 늦은 저녁 먹다 남은 된장찌개 다시 데워
아이와 먹는 중이라며 옛 애인에게서 문자가 왔다
한 시절 콧날 우뚝했던 그녀 무럭무럭 늙고 있구나
여자를 벗고 어머니로 갈아입은 그녀가
주방과 거실 오가며 내는 발소리 환하게 보인다

창밖 공원 가지 열고 나와 허공의 살갗
살짝 데우고 있는 우아하게 교만한 꽃봉오리들
하얀 치마 속으로 공기 입자들
입질하는 치어들처럼 옴질옴질, 파랗게 몰려들고 있다

바퀴의 진화

리어카, 구루마 바퀴에서 자전거 바퀴로
경운기, 트랙터 바퀴에서 기차, 자동차
바퀴로 진화 거듭해온 바퀴들
달리는 바퀴 보고 있으면
왜, 불쑥 바퀴벌레 생각나는 것일까
저 무서운 속도의 번식력
바퀴는 바퀴를 낳고
낳다가 마침내 생활 지배하는 왕이 되었다
둥근 얼굴을 한 바퀴들은
직선을 선호하고 길의 유전자를 바꾼다
길은 온순한 성정 잃고
걸핏하면 벌컥, 화내며 신경질을 부린다
뱀의 등껍질 같은 차가운 표정
안쪽에 다혈 감춘 길이
달리는 바퀴에 채찍을 더하고 있다

비밀과 추문

바야흐로 추문의 시대가 도래하였다
비밀은 들키지 않을 때까지만 비밀이다
세상에는 들키기 위해 안달하는 비밀도 있다
황금알 낳는 거위가 되어버린 비밀들
추문으로 진화되어 대형 마트 물품들처럼 팔려나간다
바코드 찍힌 추문들
냄새 진동할수록 파리 떼처럼 몰려드는 구매자들
인터넷 타고 초고속으로 번지고
퍼져나가 국경과 인종과 종교를 넘어
세계인은 한순간 가족의 일원이 된다
비밀에도 위계가 있다
신분의 높낮이가 추문의 가치를 결정한다
우리 시대 유행 브랜드이자 소통의 코드
미래 추문의 화려한 주인공이 되기 위하여
아이들은 고액 과외를 받고
심야 대학 도서관은 불야성이다
지금 비밀이 없는 자는 가난하고 앞으로도 그럴 것이다

상갓집에는 신발들이 많다

상갓집에는 신발들이 많다
경향 각처에서 꾸역꾸역 모여든
문수 다른 이력들
갖가지 체위로 엇섞여
팔베개하고 있거나 후배위로 올라타거나
가슴에 다리 척 걸쳐놓거나
다른 짝과 배 맞춰 나란히 누워 있기도 하다
보라, 저 적나라한 관계들의 문란
수십 켤레의 신발 바꿔 신다 가는 거
그게 인생이다
신장개업한 술집처럼 이상한
활기에 들떠 있는 상갓집
뒤늦게 달려온 신발 한 켤레
신고 온 중년을 재빠르게 벗어놓고는
홀러덩 뒤집어져
천장 향해 뒤축 닳은 바닥 보이고 있다

건들건들

꽃한테 농이나 걸며 살면 어떤가

움켜쥔 것 놓아야 새것 잡을 수 있지

빈손이라야 건들건들 놀 수 있지

암팡지고 꾀바르게 사느라

웃음 배웅한 뒤 그늘 깊어진 얼굴들아,

경전 따위 율법 따위 침이나 뱉어주고

가볍고 시원하게 간들간들 근들근들

영혼 곳간에 쟁인 시간의 낱알

한 톨 두 톨 빼먹으며 살면 어떤가

해종일 가지나 희롱하는 바람같이

빗소리

누군가 두드리는 실로폰, / 드르륵 드르륵 재봉틀 소리

타작마당 도리깨질, / 삭정개비 삼키는 불꽃 소리

새들 짝짓기, / 헐렁해진 상자 모서리에 못 박는 소리

가마솥 물 끓는, / 만취한 가장 코 고는 소리

처마 밑 오종종 모여

떨고 있는 병아리들 가는 발목

옥죄어오는 하얀 손들

탁, 때려 그 짓 못하게 하고

슬그머니 몸에 난 쪽문 열고 나가

해종일 여기저기 쏘다니며

빗소리의 살[肉]들

만지다 축축해져 돌아오는 마음

유령들

이른 아침 관 뚜껑 열고 나와
승차한 만원 버스, 전동차에서
끄덕끄덕 졸거나
무가지 신문 건성건성 읽고 있는

무얼 먹을까 장고 끝에 어제 먹은
점심 메뉴 다시 주문하는
울리지 않는 핸드폰 폴더 습관처럼 열었다
닫는 카카오톡에 열중하는
싸구려 커피 마시는
돌려막기 거듭하다가 마이너스 통장 하나둘
늘어나는 정기적 혹은 충동적으로 복권 사는
뒤축 닳은 구두 신고 찾아간 행사장
인파 속에서 까치발 딛고 서서 박수 치는
결혼식 축의금 내자마자 식권부터 챙기는
한낮 공원 벤치에 앉아
운동 나온 여자들 뒤태 흘끔거리며 담배 피우는
매캐한 연기 자욱한 술집
목에 핏대 세워 계통 없이 떠들어대는
빨랫줄에 걸린 젖은 빨래들같이
사우나 황토방에 나란히 앉아

과체중으로 기우뚱한 몸 안쪽에 쌓인
노폐물 빼내고 있는

늦은 밤 만원 버스, 전동차에서
벌게진 얼굴로 수족관 물고기처럼 벙긋,
벙긋 연신 하품이나
뿜어내다가 무너지고 어긋난 체형
가까스로 추스른 뒤
관 뚜껑 열고 들어가 죽음처럼 깊은 잠자는

단단한 고요

일 년 중 고요의 힘이 세지는 때는

망종(芒種)에서 몸을 빼 소서(小暑) 쪽으로 느리게 걷는 절기의

빨랫줄 바지랑대 그림자의 키가 가장 작아지는 때

한동안 각축하듯 울어대던 매미 울음 뚝 그친 막간

어슬렁대던 개들도 마루 밑으로 기어들어가 오수 즐기고

숫돌 다녀온 왜낫처럼 날선 햇살 따갑게 내려

축축한 생각의 물기 휘발시켜

백치의 순간에 이르게 하던,

살구씨처럼 단단한,

이제는 어데 먼 데로 귀양 떠나 죽었는지 소식조차 없는

음악을 먹고 마시던 꽃들

화단에 핀 봄꽃들
햇살과 비와 바람이 피우기도 했지만요
갓 부임한 선생님 방과 후 교실에 남아
가늘고 긴 손가락으로 치는 피아노
소리가 피우기도 한다는 것을 아셨는지요
어둑한 복도를 걸어나와
이제 막 세상 밖으로 내밀어오는,
봉숭아 사루비아 칸나 등속의
얼굴 촉촉이 젖은 손으로
만지고 더듬고 두드리던 피아노 소나타
그렇게 한 식경쯤 낮고 높고 짧고
길게 선율의 물 뿌리고 나면
제 세상 만난 듯 생기발랄한 꽃들
깔깔깔 웃는 소리 하늘에 가 닿았지요
봄 소녀들 한 열흘 그렇게
음표 먹고 마시며 놀다
왔던 봄비 따라가고 나면 피아노 소나타
턱없이 높아지거나 낮아지기 일쑤였지요
아이들은 왜 갑자기 숙제가 많아졌는지
그 까닭을 끝내 몰랐지요

측근, 이라는 말

측근이라는 말 참 정겨워
측근, 측근, 하다 보면 무슨 큰 백이나
지닌 듯 턱없이 배짱 두둑해지고
까닭 없이 측은지심 생겨나기도 한다
내 측근에는 누가, 누가 있나
나는 누구, 누구의 측근인가
사는 동안 측근만큼 든든한 게 어디 있으랴
그러나 다정(多情)도 병이 되는 양
측근이 화 부르고 독 낳기도 하니
사람아, 사람아,
꽃과 나비, 나무와 새, 비와 바람과 눈
하늘과 구름과 음악과 시(詩)를
평생의 측근으로 두어 살면 어떻겠는가

이재무 시인
자선 대표시

경쾌한 유랑

출처 — 《경쾌한 유랑》, 이재무, 문학과지성사, 2011

나무 한 그루가 한 일

강물 내려다보이는 연초록뿐인 언덕 위의 집

홀로된 노인 과실수 한 그루 구해 심으니

바람 몰려와 우듬지 흔들다 가고 햇살 잎잎마다 매달려 잉잉거린다 가지 끝 대롱대롱 빗방울 무수한 벌레들의 남부여대 껍질 속 세 들어 살고 꽃 피자 벌 나비 붐비고 구름 커튼 두껍게 그늘 치고 불콰한 노을 귀가에 바쁜 걸음 문득 멈추게 하고 이슬 내린 밤 열매의 소우주에 둥지 틀다 가는 별과 달

나무 한 그루 불쑥 들어선 이후

강물 눈빛 더욱 깊어지고

갑자기 살림 불기 시작한 언덕

부산스레 허둥대기 시작하였다

돌로 돌아간 돌들

돌 속으로 들어가 돌과 함께

허공 소리치며 날던 때가 있었다

번쩍이는 것들,

유리창을 만나면 유리창을 부수고

헬멧 만나면 푸른 불꽃 피워올리며

맹렬한 적개심으로 존재를 불태웠던

질풍노도의 서슬 퍼런 날들이 가고

돌들은 흩어져 여기저기 땅속에 처박혔다

돌 속에서 비칠, 어질 사람들이 나오고

비로소 돌로 돌아간 돌들

저마다 각자 장단 완급의, 고요한

풍화의 시간 살고 있다

말 없는 나무의 말

이사 온 아파트 베란다 앞 수령 오십 년 오동나무

저 굵은 줄기와 가지 속에는 얼마나 많은,

구성진 가락과 음표들 살고 있을까

과묵한 얼굴을 하고 골똘히 생각에 잠겨 있는 그를

마주 대하고 있으면 들끓는 소음의 부유물 조용히 가라앉는다

기골이 장대한데다 과묵한 그에게서 그러나 나는 참 많은 이야기를 듣는다

그는 나도 모르는 전생과 후생에 대하여 말하기도 하는데

구업 짓지 말라는 것과 떠나온 것들에 연연해하지 말 것과

인과에는 반드시 응보가 따른다는 것을

옹알옹알 저만 알아듣는 소리로 조근거리며

솥뚜껑처럼 굵은 이파리들 아래로 무겁게 떨어뜨린다

동갑내기인 그가 나는 왜 까닭 없이 어렵고 두려운가

어느 날인가 바람이 몹시 심하게 불던 밤은

누군가 창문 흔드는 소리에 깨어 일어나보니

베란다 밖 그가 어울리지 않게 우람한 덩치를 크게 흔들
어대며 울고 있었다

나는 그 옛날 무슨 말 못한 설운 까닭으로

달빛 스산한 밤 토방에 앉아 식구들 몰래 속으로 삼켜 울
던 아버지의 울음을

훔쳐본 것처럼 당황스러워 애써 고개를 돌려 외면했는데

다음 날 아침 그는, 예의 아버지가 그랬듯이 시치미 딱 떼
고 아무 일 없었다는 듯

무심한 표정으로 돌아가 데면데면 나를 대하는 것이었다

바깥에서 생활에 지고 돌아온 저녁 그가 또 손짓으로 나를 부른다

참 이상하다 벌써 골백번도 더 들은 말인데

그가 하는 말은 처음인 듯 새록새록,

김장 텃밭에 배추 쌓이듯 차곡차곡 귀에 들어와 앉는 것인지

불편한 속 거짓말처럼 가라앉는다

그의 몸속에 살고 있는 가락과 음표들 절로 흘러나와서

뭉쳐 딱딱해진 몸과 마음 구석구석 주물러주고 두들겨주기 때문이다

꽃들의 등급

어떤 꽃들은,
영화처럼 관람 등급 매겨야 하지 않을까
불온한 생각 불쑥 들게 할 때가 있다
백합 장미 칸나 아카시아 목련 같은
꽃들은 확실히 풍기문란 혐의 같은 게 있다
가령 볕 좋은 유월 한낮
공중으로 번지는 향기 파문에
향보라 일으키며 질주해온 한 떼의 벌들
거침없이, 아카시아
속치마 속 파고드는 행위를 보라
사행 부추기고 조장하는 관능들
철철 흘러넘쳐 하도나 아찔해서
마음 발갛게 발기시킬뿐더러
몰두하는 현재의 일 무용하다는 것
일순간 환하게 드러낸 뒤
맹목의 벼랑으로 몸 부추겨 몰아가는 것을!
그러나 나는 이미 지천명을 넘긴 사내
꽃과의 싸움에서 매번 불행하게도
아슬아슬 고비 넘겨 가까스로 이기는 것은
감성 쪽이 아니다
지루한 평화가 날마다 폐지처럼 쌓여간다

백둔정방 요양원에서

늦은 아침 기척에 놀라 두근거리는 울퉁불퉁한 산길 아내
와 내외하지 않고 오른다

산수유나무 가지마다 통통 물오른 젖 활짝 드러내놓고 발
칙하게 흔들어대는 농염을 아내는 처음인 양 반색하며 호들
갑 떤다

오래전 보이지 않는 꽃 속에 무덤 파고 들어가 누운 사내
가 있었지

뵈는 꽃은 물질이므로 누구라도 그 속에 들어가 누울 수
는 없는 일이다

산달의 나무가 전력투구로 피운 꽃송이 송이 그러나 꽃의
졸업이 모두 열매로 새 학년을 맞는 것은 아니다

그사이 아내에게는 쉽게 감동하는 버릇이 생기고
웃음도 많이 헤퍼졌다

열심히 사는 것과 안달하는 것은 다르다 안달을 배웅하고
난 뒤 자연에 자주 마중 나가는 아내의 몸에서 산더덕내가

훅, 끼쳐왔다

　세상에는 존재만으로 은혜 베푸는 것들이 있고 새끼같이
귀한 것들도 있다

　하지만 마음 앓는 나로부터 몸 앓는 아내까지는 손 뻗어
도 가 닿지 못하는 거리가 있다
　이것은 간절함과는 상관없는 것이다

　몸과 몸 간의 거리와 몸과 마음 간의 거리와 마음과 마음
간의 거리를 어찌 셈본으로 측량할 수 있으랴

　시간의 텃밭에서 자란 관계의 풋것들은 서로의 발소리에
얼마나 민감했던가

　계곡 타고 흐르는 물줄기로 빗자루 엮어 알뜰히 쓸어낸
귀의 골목 속으로 갓 태어난 말랑말랑한 말들 뒤뚱뒤뚱 걸
어들어온다

　꽃들의 향기 깔깔깔 박수 쳐대며 허공으로 산개하고 있다

문신

복도는 온몸이 귀가 되어
신발이 내는 소리의 미세한 결들을 본다
물기 빠져나간 통나무 같은 복도의 몸에
자취 남기며 무수히 오가는 신발들은 알까,
문 나선 신발들이 문으로 돌아와
깊은 잠에 빠져 있을 때
홀로 우는 것들 중에 복도가 있다는 것을,
또 그런 밤에 복도의 식솔이 되어버린,
어제의 신발들이 남긴 낡은 소리들도
들썩들썩 도대체 바깥이 궁금하여
복도의 천장 열고 나와
바람 부는 대숲처럼 수런, 수런댄다는 것을,
그러다가 희미하게, 신발 끄는
소리의 빛 보이면 재빠르게 표정 지워내고
저를 무두질해오는 신발의 무게 고스란히
받아들이는 것을, 딱딱해지는 복도가
또 아프게 몸 열어
낯선 소리 하나를 끌어안는다
사금파리가 지나간 유리의 표면처럼
늙은 근육에 태어난 문신이 아프다

로드 킬

한밤중, 누워 있던 검은 아스팔트가
벌떡 일어나 먹잇감을 찾아나선다
콜타르칠한 벽처럼 빗물에 번들거리는 몸,
속에서 먹을수록 커지는 허기가
컹컹, 인접한 산을 향해 짖고 있다
나흘 끼니를 건너뛴 아스팔트
제 몸 무두질하며 달리는 차량들
돌돌 말아 혀 안쪽으로 삼키고 싶다
공복이 불러온 뿌연 안개 속
검은 아스팔트가 바퀴를 굴리며 달리고 있다
질주의 관성은 중력이 낳은 사생아
아스팔트 등에 올라탄
재규어와 쿠거, 바이퍼, 머스탱, 스타리온,
갤로퍼, 라이노, 포니, 무소들이
꽥꽥 비명을 지를 때마다
와들와들 산천초목이 떤다
산을 빠져나온, 길 잃은 본능을 잡아먹고
점점 더 난폭해지는 아스팔트
고삐 풀린 저 무한 질주를 아무도 막을 수 없다

시소의 관계

놀이터 시소 놀이하는
아이들 구김살 없이 환한
얼굴 넋 놓고 바라다본다
저 단순한 동어반복 속에
황금 비율이 들어 있구나
사랑이란 비율이 만드는 놀이
상대의 무게에 내 무게를
맞출 줄 알아야 한다
엇나가기 시작한 관계들이여,
놀이터에 가서 어린아이로
시소에 앉아보아라
놀이에 몰두하는 아이들은
그러자는 약속, 다짐도 없이
서로의 무게를 받들 줄 안다

뼈아픈 질책

계단 오르내릴 때마다 투덜거리는 무릎관절
이 이상 신호는 탄력 잃은 기관들의
이음새가 느슨해지고 녹슬어간다는 징후이리라
누구는 칼슘 결핍에 운동 부족이라 탓하고
혹자는 식습관을 고쳐라 처방하지만
나는 안다 이것의 기원은
설운 생활에의 마음의 굴절에 있다는 것을
썩지 않는 기억은 유구하다
세상은 내게 없는 살림에 뻣뻣한 무릎이 문제였다고
말한다 내키지 않은 일에 무릎을 꿇을 때마다
살갗 뚫고 나오는 굴욕의 탁한 피
하지만 범사가 그러하듯이 처음이 어렵고
힘들 뿐 거듭되는 행위가 이력과 습관을 만들고
수모도 겪다 보면 수치가 아닌 날이 오게 된다
굴욕은 변명을 낳고 변명이 합리를 낳고
마침내는 합리로 분식한 타성의 진리를
일상의 옷으로 껴입고 사는 날이 도래하는 것이다
그렇게 수신하고 제가하는 동안 마음 연골이 닳아왔던 것
생의 계단 오르내릴 때마다 무릎은
뼈아픈 질책을 던져온다
지불한 수고에 대한 값 너무 헐하지 않느냐고

웃음의 배후

웃음의 배후가 나를 웃게 만든다
자꾸 웃음이 나온다
밥 먹으면서 풉풉 길 걸으며 낄낄
앉아서 웃고 서서 웃고 누워서 웃는다
수업하다가 허허 차 타면서 헤헤
잠자다 깨어 웃고
소리 내어 웃고 소리 죽여 웃는다
누가 보거나 말거나
몸에 난 사만팔천 개의 구멍을 열고
비어져 나오는 웃음의 가래떡
찡그리면서 웃고 이죽거리며 웃는다
웃는 내가 바보 같아 웃고
웃는 내가 한심해서 웃는다
이렇게 언제나 나는 가련한 놈
웃다가 웃다가 생활의 목에
웃음의 가시가 박힐 것이다

백지의 공포 앞에서 볼펜이 웃고
웃음의 인플루엔자에 전염된
꽃들이 웃고 새들이 웃고
애완견과 밤 고양이가 웃고

가로수가 웃고 도로가 웃고 육교가 웃고
지하철이 웃고 버스가 웃고 거리의
간판들이 웃고 티브이, 컴퓨터가 웃고
핸드폰, 다리미, 냉장고, 식탁,
강물, 들녘이 웃고 산과 하늘이 웃는다
동심원을 그리며 번져가는
웃음의 장판 무늬들
그러다가 돌연 사방팔방 안팎에서
떼 지어 몰려와
두부 같은 삶 물었다 뱉는,

가공할 웃음의 저 허연 이빨들
웃음의 감옥에 갇혀 엉엉 웃는다

비의 냄새 끝에는

여름비에는 냄새가 난다

들쩍지근한 참외 냄새 몰고 오는 비

멸치와 감자 우려낸 국물의

수제비 냄새 몰고 오는 비

옥수수기름 반지르르한

빈대떡 냄새 몰고 오는 비

김 펄펄 나는 순댓국밥 내음 몰고 오는 비

아카시아 밤꽃내 흩뿌리는 비

청국장 냄새가 골목으로 번지고

갯비린내 물씬 풍기며 젖통 흔들며 그녀는 와서

그리움에 흠뻑 젖은 살 살짝 물었다 뱉는다

온종일 빈집 문간에 앉아 중얼중얼

누구도 알아듣지 못할 혼잣소리 내뱉다

신작로 너머 홀연 사라지는 하지(夏至)의 여자

경쾌한 유랑

새벽 공원 산책 길에서 참새 무리를 만나다
저들은 떼 지어 다니면서 대오 짓지 않고
따로 놀며 생업에 분주하다
스타카토 놀이 속에 노동이 있다
저, 경쾌한 유랑의 족속들은
농업 부족의 일원으로 살았던
텃새 시절 기억이나 하고 있을까
가는 발목 튀는 공처럼 맨땅 뛰어다니며
금세 휘발되는 음표 통통통 마구 찍어대는
저 가볍고 날렵한 동작들은
잠 다 빠져나가지 못한 부은 몸을,
순간 들것이 되어 가볍게 들어올린다
수다의 꽃 피우며 검은 부리로 쉴 새 없이
일용할 양식 쪼아대는,
근면한 황족의 회백과 다갈색 빛깔 속에는
푸른 피가 유전하고 있을 것이다
새벽 공원 산책 길에서 만난,
발랄 상쾌한 살림 어질고 환하고 눈부시다

저녁 6시

출처 —《저녁 6시》, 이재무, 창비, 2007

국수

늦은 점심으로 밀국수를 삶는다

펄펄 끓는 물속에서
소면은 일직선의 각진 표정을 풀고
척척 늘어져 낭창낭창 살가운 것이
신혼 적 아내의 살결 같구나

한결 부드럽고 연해진 몸에
동그랗게 몸 포개고 있는
결연의 저, 하얀 순결들!

엉키지 않도록 휘휘 젓는다
면발 담긴 멸치국물에 갖은 양념을 넣고
코 밑 거뭇해진 아들과 겸상을 한다

친정 간 아내 지금쯤 화가 어지간히는 풀렸으리라

갈퀴

흙도 가려울 때가 있다
씨앗이 썩어 싹이 되어 솟고
여린 뿌리 칭얼대며 품속 파고들 때
흙은 못 견디게 가려워 실실 웃으며
떡고물 같은 먼지 피워올리는 것이다
눈 밝은 농부라면 그걸 금세 알아차리고
헛청에서 낮잠이나 퍼질러 자는 갈퀴 깨워
흙의 등이고 겨드랑이고 아랫도리고 장딴지고
슬슬 제 살처럼 긁어주고 있을 것이다
또 그걸 알고 으쓱으쓱 우쭐우쭐 맨머리 새싹은
갓 입학한 어린애들처럼 재잘대며 자랄 것이다
가려울 때를 알아 긁어주는 마음처럼
애틋한 사랑 어디 있을까
갈퀴를 만나 진저리치는 저 살들의 환희
모든 살아 있는 것들은
사는 동안 가려워 갈퀴를 부른다

깊은 눈

마을회관 한구석 고물상 기다리며
한 마리 늙고 지친 짐승처럼 쭈그려 앉은,
흙에서 멀어진 적막과 폐허를 본다
한때 쟁기가 되어 수만 평의 논 갈아엎을 때마다
무논 젖은 흙들은 찰랑찰랑 얼마나
진저리치며 환희에 바르르 떨어댔던가
흙에 발 담가야 더욱 빛나던 몸 아니었던가
논일 끝나면 밭일, 밭일 끝나면
읍내 장터에, 잔칫집에, 떡방앗간에, 예식장에, 초상집에,
공판장에, 면사무소에, 군청에, 시위 현장에
부르는 곳이면 가서 제 할 도리 다해온 그였다
눈 많이 내렸던 겨울밤 만취한 주인 싣고 오다가
멀쩡한 다리 치받고 개울에 빠져 저세상으로 먼저 보내고
저 또한 팔다리 빠지고 어깨와 허리 크게 상하기도 했던
돌아보면 파란만장한 노동의, 그 오랜 시간을
에누리 없이 오체투지로 살아온 그가 오늘
바람이 저를 다녀갈 때마다
무력하게 검붉은 살비듬이나 쏟아내고 있는 것이다
생각해보면 몸의 기관들 거듭 갈아끼우며
오늘까지 연명해온 목숨 아닌가
올봄 마지막으로 그가 갈아 만든 논에

실하게 뿌리내린 벼이삭들 달디단 가을볕

쪽쪽 빨아 마시며 불어오는 바람 출렁, 그네 타는데

때늦게 찾아온 불안한 안식에 좌불안석인 그를

하늘의 깊은 눈이 내려다보고 있다

좋겠다, 마량에 가면

몰래 숨겨놓은 애인 데불고
소문조차 아득한 포구에 가서
한 석 달 소꿉장난 같은 살림이나 살다 왔으면,
한나절만 돌아도 동네 안팎
구구절절 훤한, 누이의 손거울 같은 마을
마량에 가서 빈둥빈둥 세월의 봉놋방에나 누워
발가락 장단에 철 지난 유행가나 부르며
사투리가 구수한, 갯벌 같은 여자와
옆구리 간지럼이나 실컷 태우다 왔으면,
사람들의 눈총이야 내 알 바 아니고
조석으로 부두에 나가
낚싯대는 시늉으로나 던져두고
옥빛 바다에 시든 배추 같은 삶을 절이고
절이다가 그것도 그만 신물이 나면
통통배 얻어 타고 휭, 먼 바다 돌고 왔으면,
감쪽같이 비밀 주머니 하나 꿰차고 와서
시치미 뚝 떼고 앉아
남은 뜻도 모르는 웃음 실실 흘리며
알량한 여생 거덜 냈으면,

운문사

여승들 모여 산다는 운문사에 가서
절 내력도 살펴보고 경관도 둘러본 뒤
일주문 나서다가 사하전(寺下田) 고랑 타고 앉은
스님들을 보았네 토마토처럼 붉게 익은
둥근 얼굴을 하고 삼매에 빠진 듯
땀방울 옷소매로 훔치는, 멀리서도
풀냄새 가득 풍겨오는 여자들 보았네
불쑥, 그 여자들 속에 뛰어들어 나도
한 자루 호미 불끈 쥐고 싶었네
그날 나는 구름의 문 열고 들어가
높고 쓸쓸한 경전 한 권 읽었네

넘어진 의자

누가 저 의자를 넘어뜨렸나
한 평 반 벌방 속 젖어 축축한 자들에게
달콤한 휴식을 주던 의자
고시원 옥상에 버려져 있다
한쪽 다리가 꺾일 때까지
비닐 가죽 깔판 속 근육 뭉친 솜들이
터진 틈으로 질질 샐 때까지
묵묵히 무게를 견뎌온
저 순결한 이타,
누가 있어 기억이나 해줄 것인가
비명도 없이 쏟아지는 비
흠뻑 젖은 제 영혼 추슬러
스스로의 무릎에 앉히고 있는,
버려진 의자

팽이

오늘 나는 한 방향만을 고집하는
저 낯익은 사내에 대해 다시 노래하련다
회초리가 와서 자신의 몸을
때리면 때려댈수록 더욱
돌고 돌면서 미쳐 날뛰면서 그는
회초리가 빨리 더 빨리
다녀가기를 간절히 바라고 있다
맹렬한 속도로 돌고 도는 관성은
바라보고 있으면 바닥에 뿌리를 내린 것처럼
직립의 회전을 보이기도 하나
주기적인 매질이 없으면
언제라도 바닥에 내팽개쳐질 가련한 신세
그러기에 팽이는 돌면서 매를 부르고
회초리는 팽이의 몸에 척척 감기며
가학의 쾌감에 전율한다
저 현기 속에 오늘의 우리가 있다
오, 저것은 얼마나 지독한
자본의 마조히즘과 사디즘이란 말인가

관상용 대나무

도회지 공원이나 술집 한구석
장식품으로 살아가는 저 홀로 대나무
제 뜻과 상관없이 이주되어
실향을 사는,
거주 이전의 자유가 없는 저 나무에게서
옛 소련 시절 강제분할 이주를 겪은
사할린 동포의 얼굴을 본다
아메리카 원주민 인디오의 눈물을,
죽어 상품이 된 체 게바라의 혁명을 본다
한 시대 양심의 본이었으나
자본의 데릴사위가 되어 웃음 파는
쓸쓸한 선비의 초상을

부드러운 복수

시는 삶에 대한 부드러운 복수˙라는데
혹, 나의 시는 내 가난한 삶에 대하여
너무 지독한 복수를 꿈꾸어온 것은 아닐까
어쩌면 나는 내 생을 지나치게 분식해왔는지 모른다
어쩌면 나는 내 삶을 지나치게 연민해왔는지 모른다
어쩌면 나는 떠난 사랑에 지나치게 집착해왔는지 모른다
어쩌면 나는 한 시대 불같이 뜨거운 이념에,
높고 푸른 이상에, 창백한 미래에, 어쩌다
바람에 불려 가로수에 매달리게 된 검은 봉지처럼
위태위태 휘둘려왔는지 모른다
생의 바다에 낡은 그물 고집스럽게 던져오면서
우연히 행운의 대어가 걸려들기를 바라왔는지 모른다
시는 삶에 대한 부드러운 복수라는데
나는 목청 높여 과장되게 고함치고 울어왔는지 모른다
언젠가 나는 죽을 것이고 내가 낳은
부실한 시편들 중 몇몇은 남아 죽은 나를
비웃을지 모른다 생각하면
참으로 두려운 일이다

• 토마스 만, 〈토니오 크뢰거〉 중에서.

돌 속의 물

천차만별 형형색색의 돌 속에 물이 있다

돌의 형상과 무늬는

돌 속에 숨어 사는 물이 안간힘으로 새긴 것,

뜨거운 여름날 햇빛 폭포 속에서

물이 슬어놓은 알을 담고 부화 기다리며

몰래 우는 돌 본 적 있는가

죽은 돌은 울지 못한다

돌 속의 물 깍지를 풀면

견고한 생도 푸석푸석 제풀에 숨 놓을 것이다

물속의 돌

둥글둥글한 돌 하나 꺼내 들여다본다
물속에서는 단색이더니 햇빛에 비추어보니
여러 빛 몸에 두르고 있다
이리 보고 저리 보아도
둥글납작한 것이 두루두루 원만한 인상이다
젊은 날 나는 이웃의 선의,
반짝이는 것들을 믿지 않았으며
모난 상(相)에 정이 더 가서 애착을 부리곤 했다
처음부터 둥근 상(像)이 어디 흔턴가
각진 성정 다스려오는 동안
그가 울었을 어둠 속 눈물 헤아려본다
돌 안에는 우리 모르는 물의 깊이가 새겨져 있다
얼마나 많은 물이 그를 다녀갔을까
단단한 돌은 물이 만든 것,
돌을 만나 물이 소리를 내고
물을 만나 돌은 제 설움 크게 울었을 것이다
단호하나 구족(具足)한 돌 물속에 도로 내려놓으며
신발끈을 고쳐맨다

푸른 고집

출처 —《푸른 고집》, 이재무, 천년의시작, 2004

냉장고

한밤중 늙고 지친 여자가 울고 있다
그녀의 울음은 베란다를 넘지 못한다
나는 그녀처럼 헤픈 여자를 본 적이 없다
누구라도 원하기만 하면 그녀의 내부를
들여다볼 수 있다 그녀 몸속엔
그렇고 그런 싸구려 내용들이
진설되어 있다 그녀의 몸엔 아주 익숙한
내음이 배어 있다 그녀가 하루 24시간
노동을 쉰 적은 없다 사시사철
그렁그렁 가래를 끓는 여자
언젠가 그녀가 울음을 그칠 날이 올 것이다
하지만 걱정하지 않는다
그녀들처럼 흔한 것도 없으니
한밤중 늙고 지친 여자가 울고 있다
아무도 그 울음에 주목하지 않는다
살진 소파에 앉아 자정 너머의 티브이를
노려보던 한 사내가 일어나
붉게 충혈된 눈을 비비며 그녀에게로 간다
그녀 몸속에 두꺼운 손을 집어넣는다
함부로 이곳저곳을 더듬고 주물러댄다

저수지

그녀 스스로 속 내보인 적은 없다
아무도 그녀의 나이를 모른다
나는 그녀가 크게 웃거나 우는 것을
본 적이 없다 잔주름 많고 검푸른 눈엔
그렁그렁 수심이 고여 있다
수심 깊어서 한낮엔 앞산 뒷산을 담고
밤에는 천상의 것들 넉넉히 품는다
어느 해인가 빚에 쫓겨 도망다니던,
성실했으나 불운했던 사내 끌어들여
서방으로 삼았다는, 구설 끊이지 않는
무서운 여자, 비밀 많은 그녀가 딱 한 번
궁금한 속 내비친 적이 있다
지독한 가뭄이 있던 그해 그 여름
화냥년 되어 가랑이 쩍 벌리고 누워
소문 듣고 온 남정네들 설레게 했다
그녀 진흙 같은 자궁 속에는 팔뚝만 한
잉어며 붕어들이 나뒹굴고 꿈틀대며
쩍쩍 입 벌리고 있는 것이었다
수심 깊은 여자
위기의 사내들이 가장 먼저 떠올리는
아무리 나이를 먹어도 늙지 않는 여자

물꽃

비 오는 날 호수에
물꽃 핀다
수직으로 빗방울은 떨어져
수면에 동심원을 그린다
수평으로 잔잔히 퍼지는 물무늬
세모시처럼 가늘고 고운
저 아름다운 적막의 동그라미 속,
누대의 시간 흐른다
소란과 수다에 지쳐
두꺼워진 몸 가두고 싶다
그리하면 한지처럼 얇아져
녹아서 형체도 없을 것이다
그러나 나는 이미 지은 죄가 많아
선한 것이 눈에 불편한 사람
물꽃은 뿌리 없으니
고통도 없을 것이다
졌다 피고 피었다 지는 경이
순간의 삼매경,
차마 어지러워서 땀에 전 작업복처럼
무거운 내 오후의 생
비틀거리며 흠뻑 젖는다

라면을 끓이다

늦은 밤 투덜대는, 집요한 허기 달래기 위해
신경 가파른 아내의 눈치를 피해
주방에 간다 입 다문 사기그릇들
그러나 놈들의 침묵을 믿어서는 안 된다
자극보다 반응이 훨씬 더 큰 놈들이다
물을 끓인다 비정규직 노동자처럼 실업을
사는 날이 더 많은 헌 냄비는 자부가 가득한
표정이다 물 끓는 소리 요란하다
한여름 밤의 개구리 소리 같다
모든 고요 속에는 저렇듯 호들갑스런 소음이
숨어 있다 어제 들른 숲 속 직립의 시간을 사는
침묵 수행의 나무들도 기실은 제 안에
저도 모르는 소리를 감추고 있을 것이다
찬장에서 라면 한 봉지를 꺼낸다
라면의 표정은 딱딱하고 각이 져 있다
그들이 짠 스크럼의 대오는 아주 견고하고
단단해 보인다 그러나 끓는 물속에서
그들은 금세 표정을 바꿔
각자 따로 놀며 흐물흐물 녹아내릴 것이다
저 급격한 표정 변화는 우리 시대의 슬픈 기표다
얼마 후 나는 저 비굴 한 사발로 허겁지겁 배를 채울 것이다

도마 위 양파, 호박, 파 등속을 가지런히 놓아두고
칼을 집는다
그는 말보다 행동이 앞서는 자다 그의 눈빛은 매섭고
날카롭다 그는 세상을 나누기 위해 나타난 자인 것이다
놓여진 것들을 다 자르고도 성이 안 찬 노여운 그는
늦은 밤을 이기지 못한 내 불결한 식욕을, 지난한
허기의 관성을 푹 찔러오는지 모른다
냄비 속 부글부글 끓는 것은 그러므로 라면만은 아닌 것
이다

개펄

사내는 거친 숨 토해놓고 바지춤 올리고
헛기침 두어 번 뱉어내놓고는 성큼,
큰 걸음으로 저녁을 빠져나간다
팥죽 같은 식은땀 쏟아내고는 풀어진
치맛말기 걷어올리며 까닭 없이
천지신령께 죄스러워서 울먹거리는,
불임의 여자. 퍼런 욕정의 사내는
이른 새벽 다시 그녀를 찾을 것이다
냉병과 관절염과 디스크와 유방암을
앓고 있는 여자. 그을음 낀 그녀의 울음소리
이내가 되어 낮고 무겁게 마을을 덮는다
한때 그 누구보다 몸이 달고 뜨거웠던
우리들 모두의 여자였던 여자.
생산으로 분주했던 물기 촉촉한 날들은
가고 메마른 몸속에 온갖 질병이나 키우며
서럽게 늙어가는, 폐경기 여자.
그녀는 이제 다 늦은 저녁이나 이른 새벽
지치지도 않고 찾아와 몸을 탐하는
사내가 노엽고 무서워진다
그 여자가 내민 밥상에서는 싱싱한
비린내 대신 석유내가 진동을 한다

석모도의 저녁

비 오는 날의 바다는
밴댕이회 한 접시, 도토리묵 한 사발을 내놓고
자꾸만 내게 술을 권했다

몸보다 마음이 얼큰해져서
보문사 법당에 오르며
생에 무늬를 남긴 인연들을 떠올렸다

비를 품고 더욱 단단해지기 위해
저녁 길은 골똘히 생각에 잠겨 있었다

비 오는 날의 바다가 쓰는
생의 주름진 문장들을 읽는 동안
마음의 자루가 터져
담고 온 돌들이 하나둘 빠져나갔다

얼마나 더 큰 죄를 낳아야
세상에 지고도 너그러워질 수 있을 것인가
나는, 섬에 와서도 내내 뭍을 울고 있는 내가 싫었다
자애로운 저녁은 어머니의 긴 치마가 되어
으스스 추워오는 몸을 꼬옥 안아주었다

테니스 치는 여자

테니스 치는 여자는 물속 유영하는 물고기 같다
그녀의 동작은 단순하지만 매우 율동적이다
물오른 그녀의 종아리는 자작나무의 허리처럼 매끄럽다
땀 밴 등허리에 낙지발처럼 와서 안기는 햇발
통통, 바람 많이 든 공처럼 그녀의 종아리가 튀어오르면
수음하는 소년처럼 나는 숨이 가쁘다 두 팔에 힘을 주어
그녀가 라켓을 휘두를 때 깜짝깜짝 놀라며 파랗게 몸을
뒤집는,
이파리들, 내 마음의 사기그릇들 반짝반짝 웃는다
네트를 넘어오는 발 빠른 공에 시선을 집중하는
그녀의 눈 속으로 오후의 낡고 오래된 시간들이 갑자기
생기를 띠고 소용돌이치며 빨려들어가고 있다
날마다 오후 세 시 공원에 나와 하얀 미니스커트 차림으로
테니스를 치는 여자 그녀를 바라보는 동안
내 마음의 뜰에 그리움의 풀씨 내려와 싹을 틔운다
알맞게 달구어진 그녀의 팔뚝이 지나간 허공에
몰려드는 파란 공기 입자들 그녀가 테니스를 치는 동안
세상은 발칙한 소녀와 같이 건방지고 젊어진다 그녀가 간
간이
터뜨리는 웃음으로 세상은 환하고 눈부신 꽃밭이 된다
테니스 치는 여자는 공중을 나는 새처럼 가볍다

저 가벼움이야말로 무거운 세상을 이기는 힘이 아닐까
세상의 짐을 내려놓고 풍경이 되어 풍경 속을 거닌다

벼랑

벼랑은 번번이 파도를 놓친다
외롭고 고달픈,
저 유구한 천년만년의 고독
잡힐 듯 잡히지 않고
철썩철썩 매번 와서는 따귀나
안기고 가는 몰인정한 사랑아
희망을 놓쳐도
바보같이 바보같이 벼랑은
눈부신 고집 꺾지 않는다
마침내 시간은 그를 녹여
바다가 되게 하리라

저 못된 것들

저 환장하게 빛나는 햇살
나를 꼬드기네
어깨에 둘러멘 가방 그만 내려놓고
오는 차 아무거나 잡아타라네
저 도화지처럼 푸르고 하얗고 높은
하늘 나를 충동질하네
멀쩡한 아내 버리고 젊은 새 여자 얻어
살림을 차려보라네
저 못된 것들 좀 보소
흐르는 냇물 시켜
가지 밖으로 얼굴 내민 연초록 시켜
지갑 속 명함을 버리라네
기어이 문제아가 되라 하네

한강

강물은 이제 범람을 모른다
좌절한 좌파처럼 추억의 한때를 가지고 있을 뿐이다
그는 크게 울지 않는다
내면 다스리는 자제력 갖게 된 이후
그의 표정은 늘 한결같다
그의 성난 울음 여러 번 세상 크게 들었다
놓은 적 있다 그러나 그것은 이미 약발 떨어진 신화
그의 분노 이제 더 이상 저 두껍고 높은
시멘트둑 넘지 못할 것이다
그는 오늘 권태의 얼굴을 하고 높낮이 없이
저렇듯 고요한 평상심, 일정한 보폭 옮기고 있다
누구도 그에게서 지혜를 읽지 않는다
손, 발톱 빠지고 부숭부숭 부은 얼굴
신음만 깊어가는, 우리에 갇힌 짐승 마주 대하며
늦은 밤 강변에 나온 불면의 사내
연민, 회한도 없이 가래 뱉고 침을 뱉는다
생활은 거듭 정직한 자를 울린다
어제의 광영 몇 줄 장식적 수사로 남아 있을 뿐
누구의 가슴도 뛰게 하지 못한다 그 어떤 징후,
예감도 없이 강물은 흐르고 꿈도 없이 우리는 나이를 먹
는다

찬란한 야경 품에 안은 강물은

저를 감추지 못하고 다만, 제도의 모범생 되어 순응의 시

간을 흐르고 있다

상처

참, 나무가 알고 있다
신음도 없이 표정도 없이
참나무의 허리
그의 몸, 저 깊은 곳으로부터
진물이 흐르고 있다

진물이 먹여 살리던 식구들을 기억한다
가장의 진액은 그러므로 울음이 아니다
식량이다

나무도 상처가 아물 때
가려움을 느낄까
가려워서 마구 잎을 피우고
가지 흔들어댈까

상처 없이 미끈한 나무가 떨군 열매 믿을 수 없다

가려워서 어디든 몸을 문대고 비비고 싶은
생의 상처여,
낫지 말아라
몸속의 너를 보낼 수 없다

상처는 기억이고 반성이고 부활이다

빈 그네

　암운의 조국과 민족 때문에, 부끄럽지만 한 끼도 걸러본
적 없는 내가
　한 여자가 주는 실연으로 꼬박 사흘을 내리 굶은 적이 있다
　그녀가 생사 관장하던 그해 겨울 눈이 자주 내려 벌판을
백지로 만들곤 해서
　나는 가 닿을 수 없는 그리움을 수놓곤 했는데 아시다시피
눈은 나흘 이상을 살아내기 어렵다
　그해 시해당한 대통령 때문에 휴교령이 내려지고 통행금
지도 두 시간이 앞당겨졌다
　나는 예정보다 빨리 군의 부름을 받았다
　망설이던 끝에 그녀를 불러내 밥과 술을 사주고
　화원에 들러 화분 하나를 사서 그녀의 품에 안겨주었다
　음악다방에 들러 최백호의 〈입영전야〉를 청해 듣고 나와
으슥한 골목 돌아
　어린이 놀이터에 갔다 놀이터엔 빈 그네가 있었는데
　작고 여리게 몸 흔들며 때마침 내리기 시작한,
　자꾸 칭얼대며 달라붙는 눈발을 털어내고 있었다
　나는 그녀의 충직한 하인이었다 그녀가 걸터앉은 그네를
열심히 밀어주었다
　그녀의 밥사발같이 둥근 등이 내 가슴에 부딪쳐오는 동안
　나는 질 나쁜 연탄처럼 자주 꺼지곤 하던 우리의 사랑을

떠올렸다

　탁구공같이 경쾌한 그녀의 웃음이 차고 단단해진 밤공기
를 가르고 가서

　개천 바닥 진흙에 몸을 문질러댔다 내 몸속에서 불꽃이
피어올랐다

　자꾸 나쁜 생각이 나서 얼굴에 땀이 솟았다

　눈은 어느새 그쳐 있었고 바람은 제법 사나워졌다

　나는 구두에 달라붙는 흙을 털어내면서 집으로 왔다

　유배지에 갇혀 지내는 동안 그녀에게서 온 몇 번의 편지
는 나를 감동시켰다

　면회 온다던 날에 소포로 날아온 동화책《조나단》이 관물
대에 놓여 있었다

　그녀는 높이 나는 새가 되어 나를 떠났다

　그날 이후 마음의 배가 고파오면 나는 그네를 떠올린다

　누군가를 열심히 밀어주는 동안이 사랑이라고 생각한다

　그러나 미는 동안 쉽게 몸이 달아오르지 않기를 나는 바란다

　뜨거워지면 사랑은 벌써 떠날 채비를 하기 때문이다

비

해종일 욕설 쏟아져 내린다
어머니 생전에 내게 퍼붓던 욕
급살 맞을 놈, 호랭이 물려가 뒈질 놈,
환장할 놈, 가랑이 찢어 죽일 놈, 염병할 놈
죽은 연년생 동생과 함께 밥보다 많이 먹은 욕
쏟아져 내려 먼지 푸석이는 생이 젖는다
그리운 얼굴들 쏟아져 내린다
나를 키운 것은 팔 할이 욕설이었다
병을 앓으며 생각의 키가 자랐고
집과 멀어질수록 마음의 뜰 넓어졌다
거리에 분주한 바지씨(氏), 치마씨(氏)들아
귀 열어 욕설 담아보아라,
모처럼 정겹지 않느냐,
줄기차게 쏟아져 내리는 살뜰한 것들이여,
떠나서는 돌아오지 않는 간절한 것들이여,
불쑥 찾아와 얼룩의 생 닦아내는 지혜의 물걸레여,
줄기차게 잔소리 쏟아져 내린다
살가운 추억, 떠나버린 애인들
오후 강의도 작파해버리고
에라, 욕에나 젖어 비에 젖어 술에나
젖어 사랑에 젖어

위대한 식사

출처 ─《위대한 식사》, 이재무, 세계사, 2002

팽나무가 쓰러, 지셨다

우리 마을의 제일 오래된 어른 쓰러지셨다
고집스럽게 생가 지켜주던 이 입적하셨다
단 한 장의 수의, 만장, 서러운 곡(哭)도 없이
불로 가시고 흙으로 돌아, 가시었다
잘 늙는 일이 결국 비우는 일이라는 것을
내부의 텅 빈 몸으로 보여주시던 당신
당신의 그늘 안에서 나는 하모니카를 불었고
이웃 마을 숙이를 기다렸다
당신의 그늘 속으로 아이스께끼장수가 다녀갔고
방물장수가 다녀갔다 당신의 그늘 속으로
부은 발등이 들어와 오래 머물다 갔다
우리 마을의 제일 두꺼운 그늘이 사라졌다
내 생애의 한 토막이 그렇게 부러졌다

큰비 다녀간 산길

큰비 다녀간 산길 걸을 때 나는
작은 산이 된다 산꽃이 된다
돌멩이 거칠고 많아도 맨발 아프지 않고
넘어져 무릎 다쳐도 생피 겁나지 않는다
공기는 탁구공처럼 둥글고, 탄력이 있고
내 몸은 바람 많이 든 공처럼 자주 튀어오른다
맘먹고 구르면 어쩌면 하늘까지 솟아오를 것 같다
이렇게 큰비 다녀간 산길, 그 어떤 발자국의
흔적조차 남지 않은 최초의 길을 오롯이
걸을 때만큼은 마을에 두고 온 잠사며 그토록
오랫동안 마음 끓인 이별이며가
길가 풀잎에 남은 물방울처럼
조금 안쓰러울 뿐, 이제 방금 가지 떠나
저 길 안쪽으로 울음 흩뿌리며 사라지는
새의 날갯짓처럼 그저 아무것도 아닌,
사소한 것이 된다 그렇게 영혼에 남은
부스럼딱지가 여물어 떨어지는 것이다

감자꽃

차라리 피지나 말걸 감자꽃
꽃 피어 더욱 서러운 여자.
자주색 고름 물어뜯으며 눈으로 웃고
마음으론 울고 있구나 향기는,
저 건너 마을 장다리꽃 만나고 온
건달 같은 바람에게 다 앗겨버리고
아무도 눈길 주지 않는, 비탈
오지에 서서 해종일 누구를 기다리는가
세상의 모든 꽃들 생산에 저리 분주하고
눈부신 생의 환희 앓고 있는데
불임의 여자. 내 길고 긴 여정의
모퉁이에서 때 묻은 발목 잡고
퍼런 젊음이 분하고 억울해서 우는
내 여자. 노을 속 찬란한 비애여
차라리 피지나 말걸, 감자꽃
꽃 피어 더욱 서러운 여자.

위대한 식사

산그늘 두꺼워지고 흙 묻은 연장들
허청에 함부로 널브러지고
마당가 매캐한 모깃불 피어오르는
다 늦은 저녁 멍석 위 둥근 밥상
식구들 말없는, 분주한 수저질
뜨거운 우렁된장 속으로 겁 없이
뛰어드는 밤새 울음,
물김치 속으로 비계처럼 둥둥
별 몇 점 떠 있고 냉수 사발 속으로
아, 새까맣게 몰려오는 풀벌레 울음
베어문 풋고추의 독한,
까닭 모를 설움으로
능선처럼 불룩해진 배
트림 몇 번으로 꺼트리며 사립 나서면
태기봉 옆구리를 헉헉,
숨이 가쁜 듯 비틀대는
농주에 취한 달의 거친 숨소리
아, 그날의 위대했던 반찬들이여

민물새우는 된장을 좋아한다

민물새우는 된장을 좋아한다 소문난 악동들 따라 나도 소
쿠리에 된장주머니 달아놓고 저수지 가생이에 담가놓는다
미역 즐기다 해거름 출출해지면 소쿠리 건져올린다 된장주
머니 둘레에 새까맣게 민물새우 떼가 매달려 있다 그걸 담
은 주전자가 제법 묵직하다 집으로 돌아오다 남의 집 담장
위 더운 땀 흘리는 앳된 애호박 푸른 웃음 꼭지 비틀어 딴
후 사립에 들어선다 막 밭일 마치고 돌아와 뜰방에서 몸에
묻은 흙먼지 맨 수건으로 터는 엄니는, 한 손에 든 주전자와
또 한 손에 든 애호박 담긴 소쿠릴 번갈아 바라보다가 지청
구 한마디 빼지 않는다 "저런 호로자식을 봤나, 싹수 노란
것이 애시당초 큰일하긴 글렀다, 간뎅이 부어도 유만부동이
지 남의 농사 집어오면 워쩍한다냐 워쩍하길" 그런데도 얼
굴 표정 켜놓은 박속같다 아들은 눈치가 빠르다 다음 날, 또
다음 날도 서리는 계속된다 된장 밝히다 죽은 새우는 애호
박과 함께 된장국에 끓여져 식구들 입맛 돋우곤 하였다 그
런 날 할머니의 트림 소리는 냇둑 너머까지 들리고 달은 우
물 옆 팽나무 가지 휘청하도록 크게 열렸다

제부도

사랑하는 사람과의 거리 말인가
대부도와 제부도 사이
그 거리만큼이면 되지 않겠나

손 뻗으면 닿을 듯, 그러나
닿지는 않고, 눈에 삼삼한,

사랑하는 사람과의 깊이 말인가
제부도와 대부도 사이
가득 채운 바다의 깊이만큼이면 되지 않겠나

그리움 만조로 가득 출렁거리는,
간조 뒤에 오는 상봉의 길 개화처럼 열리는,

사랑하는 사람과의 만남 말인가 이별 말인가
하루에 두 번이면 되지 않겠나
아주 섭섭지는 않게 아주 물리지는 않게
자주 서럽고 자주 기쁜 것
그것은 사랑하는 이의 자랑스러운 변덕이라네

봄비

1
봄비의 혀가
초록의 몸에 불을 지른다
보라, 젖을수록
깊게 불타는 초록의 환희
봄비의 혀가
아직, 잠에 혼곤한
초록을 충동질한다
빗속을 걷는
젊은 여인의 등허리에
허연 김 솟아오른다

2
사랑의 모든 기억을 데리고 강가에 가다오
그리하여 거기 하류의 겸손 앞에 무릎 꿇고 두 손 모으게
해다오
살 속에 박힌 추억이 젖어 떨고 있다
어떤 개인 날 등 보이며 떠나는 과거의 옷자락이
보일 때까지 봄비여,
내 낡은 신발이 남긴 죄의 발자국 지워다오

3
나를 살다 간 이여, 그러면 안녕,
그대 위해 쓴 눈물 대신 어린 묘목 심는다
이 나무가 곧게 자라서
세상 속으로
그늘을 드리우고 가지마다 그리움의
이파리 파랗게 반짝이고
한 가지에서 또 한 가지에로
새들이 넘나들며 울고
벌레들 불러들여 집과 밥을 베풀고
꾸중 들어 저녁밥 거른 아이의 쉼터가 되고
내 생의 사잇길 봄비에 지는 꽃잎으로
붐비는, 이 하염없는 추회
둥근 열매로 익어간다면
나를 떠나간 이여, 그러면 그대는 이미
내 안에 돌아와 웃고 있는 것이다
늦도록 늦봄 싸돌아다닌 뒤
뜰로 돌아와 내 오랜 기다림의 묘목 심는다

오래된 농담

- 물은 본디 소리가 없다. 물이 소리 있음은 곧 그 바닥이 고르지 못한
  까닭이다.(《채근담》) 내 고르지 못한 생의 바닥 때문에 물처럼 고요
  했던 그대들이 내지른 그 모든 소란이여, 두루두루 미안하다.

바위의 허리에 매달려 소용돌이치며
크게 울고 있는 물방울은
어제 바닥이 험한 냇가를 걸어왔다
그러나 나는 안다 먼 훗날
저 물방울은 아주 고요한 얼굴로
강의 하류를 한가롭게 걸어갈
것이란 것을 삼일수하(三日樹下) 떠돌이
건달인 나는 어제 강의 상류에서
허리가 반쯤 꺾인 채 생을 접고
울고 있는 꽃 한 송이 보고 왔다
그런데 오늘 바람도 없는데 길가
풀 한 포기 웃자란 키 우쭐거리며
방자하게 웃고 있다 오, 님이여,
새삼 생각하노니 삶이란
얼마나 넓고도 깊은 농담인 것인가

모닥불

살진 이슬이 내리는
늦은 밤 변두리 공터에는
세상 구르다 천덕꾸러기 된
갖은 슬픔이 모여 웅성웅성 타고 있다
서로의 몸 으스러지게 껴안고
완전한 소멸 꿈꾸는 몸짓,
하늘로 높게 불꽃 피워올리고 있다
슬픔이 크게 출렁일 때마다
한 뭉텅이씩 잘려나가는 어둠
노동 끝낸 거친 손들이
상처에 상처 포개며
쓸쓸히 웃고 있다

비밀이 사랑을 낳는다

더 이상 비밀이 없는 삶은 누추하고
누추하여라 사랑하는 이여, 그러니
내가 밟아온 저 비린 사연을 다 읽지는
말아다오 들출수록 역겨운 냄새가 난다
나는 안다 내 생을 그대 호기심 많은
눈이 다녀갈수록 사랑이 내게서 멀어져간다는
것을, 오월의 금빛 햇살 속에서
찬연한 꽃 한 송이의 자랑을 자랑으로만
보아다오 절정을 위해 온 생을 앓아온
꽃의 어제에 더 관심이 많은 그대여,
꽃이 아름다운 것은
꽃이 아직 우리에게 비밀이기 때문이다
모든 살아 있는 것들은 살기 위해
소리 없는 처절한 절규를 쉬지 못한다
생의 이면이 늘 궁금한 그대여,
그 어떤 갈애가 그대의 잠을
앗는 날은 어둠이 실비처럼 내리는
여름의 서늘한 숲 속으로 한 마리 새의
두근거리는 심장으로 걸어가보아라
그대는, 그대가 만들어내는 작은 발자국
소리에도 크게 놀라 두리번거릴 것이다

숲은 파고들수록 외경과 비의로 가득 차고
그대는 문득 살아 있다는 것의 존엄과
두려움을 함께 느낄 수 있을 것이다
그리하여 생이 비루하지 않고 신성한
선물이라는 것을 보고 온 그대는 충분히
아름답다 내가 그대를 한없이 그리워하는
것은 그토록 간절했으나 여직 그대의 생에
내 기다림의 손이 가 닿지 못했기 때문이다
오, 보아라, 생의 비밀이 사라진 뒤
지상의 거리에 넘쳐나는 그 무수한
추문과 널브러진 사랑의 시체를

시간의 그물

출처 ─《시간의 그물》, 이재무, 문학동네, 1997

신발

신발의 문수 바꾸지 않아도 되던 날부터
하나둘씩 내 곁을 떠나간 친구여
하나둘씩 내 곁을 떠나간 꿈이여

목련꽃

내 몸 둥그렇게 구부려

그대 무명 치마 속으로

굴려놓고 봄 한철 홍역처럼 앓다가

사월이 아쉽게도 다 갈 때

나도 함께 그대와

소리 소문도 없이 땅으로 입적하였으면

꽃그늘

꽃그늘 속으로,
세상의 소음에 다친 영혼
한 마리 자벌레로 기어갑니다
아, 그 고요한 나라에서 곤한 잠을 잡니다

꽃그늘에 밤이 오고
달 뜨고
그리하여 한 나라가 사라져갈 때
밤눈 밝은 밤새에 들켜
그의 한 끼가 되어도 좋습니다

꽃그늘 속으로
바람이 불고
시간의 물방울 천천히
해찰하며 흘러갑니다

풍금

당신의 목소리엔 물기가 묻어 있었지요
낭하를 걸어나와 화단에 줄지어 피어 있는
봉숭아 채송화 칸나 깨꽃들을 어루만질 때
당신의 손길에 부끄러워 꽃들은 더욱 붉게 봄을
울었지요 하학 종소리,
솔 숲 잔가지 흔들어 새를 날리고
밭둑, 소리의 손에 멱살 잡힌 풀잎들
불쑥 내미는 몸에 가슴 문지르며
가벼워진 책보 등에 메고
때 낀 손톱 깨물며 갈 때
"서울 가신 오빠는 비단옷감……"
바람에 채어 끊어질 듯 이어지던
당신의 부름 소리에 돌멩이 매단 듯
발길 무겁고 가슴 둠벙엔 뜻 모를 울음
차올랐지요.
돌아보면 집채보다 더 크고
무겁게 단신(短身)의 생애 덮어오던 그날의
어둠의 추억 속 홀로 빛났던
내 유일의 위안이었던 동반자
당신의 목소리엔 물기가 묻어 있었지요

발을 씻으며

늦은 밤 집으로 돌아와 발을 씻는다
발가락 사이 하루치의 모욕과 수치가
둥둥 물 위에 떠오른다
마음이 끄는 대로 움직여왔던 발이
마음 꾸짖는 것을 듣는다
정작 가야 할 곳 가지 못하고
가지 말아야 할 곳 기웃거린
하루의 소모를 발은 불평하는 것이다
그렇다 지난날 나는 지나치게 발을 혹사시켰다
집착이란 참으로 형벌과 같은 것이다
마음의 텅 빈 구멍 탓으로
발의 수고에는 등한했던 것이다
나의 모든 비리를 기억하고 있는 발은 이제
마음을 버리고 싶은가 보다
걸핏하면 넘어져 마음 상하게 한다
늦은 밤 집으로 돌아와 발을 씻으며
부은 발등의 불만 안쓰럽게 쓰다듬는다

나무들 저렇듯 싱싱한 것은

나무들 몸속으로는 푸른 피가 흐르고
벌레들은 껍질에 난 소로 따라
분주히 기어오른다
나무들 어깨 위 새들은
둥지 짓고 교미를 하고
뿌리는 흙살 파고들며
세계의 확장을 위해 안간힘이다
나무 하나가 거느린
저 넓고 깊은 세상
그러므로 나무 하나 쓰러지면
그가 세운 나라 함께 쓰러진다
나무들 저렇듯 싱싱한 것은
지키고 가꿔야 할 세상 때문이다

봄 참나무

보는가, 단단한 껍질 속 웅크린
화약 같은 푸른 욕망을
어느 날 다순 햇살 다녀가서
일순 폭발하는,
저 강렬한 순녹의 빛다발
몸 안의 모오든 실핏줄
팽팽히 당겨지는 내연의 숨 가쁨
아는가, 참나무는 죽어서도
왜 숯이 되는가를

누옥의 세월

외길에 대한 맹목처럼
아름다운 것이 있으랴 이미 갈 길 다 걸어간 이의
뒷모습 흔들리는 생 속에서도 나는 찬탄으로 우러렀거니
그러나 확신으로 걸어온 길 꼬리 감추고
나를 버리는 이정표 없는 낯선 마을의 저녁
바람 앞의 잔가지로 나는 불안하다
발목 부여잡고 가는 길에 질문 거는 잡풀이여
이 누옥의 세월 너와 나란히 서서
길고 추운 밤을 견디면 어제의 믿음
다시 얼굴 내밀까 생각하는 동안에도 비가 내린다

시가 씌어지지 않는 밤

늦도록 내 눈을 다녀간 시집들 꺼내놓고 다시 읽는다
한때 내 온몸의 가지에 붉은 꽃 피우던 문장들
책 속 빠져나와 여전히 흐느끼고 있지만 울음은
그저 울음일 뿐 더 이상 마음이 동요하지 못한다
마음에 때 낀 탓이리라 돌아보면 걸어온 길
그 언제 하루라도 평안한 날 있었던가
막막하고 팍팍한 세월 돌주먹으로 벽을 치며
시대를 울던, 그 광기의 연대는 꿈같이 가고
나 어느새 적막의 마흔을 살고 있다
적을 미워하는 동안 부드럽던 내 마음의 순은
잘라지고 뭉개지고 이제는 적보다도 내가 나를
경계하여야 한다 나도 그 누구처럼
적을 닮아버린 것이다 돌멩이를 쥘 수가 없다
과녁이 되어버린 나
결혼을 하고 아들을 낳고 아파트를 장만하는 동안
뿌리 잃은 가지처럼 물기 없는 나날의 무료
내 몸은 사랑 앞에서조차 설렘보다는
섹스 쪽으로 기울고 있다 질 좋은 밥도
마음의 허기 끄지 못한다
시가 씌어지지 않는 밤 늦도록
잘못 살아온, 지울 수 없는 과거를 운다

마흔

몸에 난 상처조차 쉽게 아물어주지 않는다
그러니 마음이 겪는 아픔이야 오죽하겠는가
유혹은 많고 녹스는 몸 무겁구나

남겨진 가을

움켜쥔 손 안의 모래알처럼 시간이 새고 있다
집착이란 이처럼 허망한 것이다
그렇게 네가 가고 나면 내게 남겨진 가을은
김장 끝난 텃밭에 싸락눈을 불러올 것이다
문장이 되지 못한 말(語)들이
반공(半空) 걷다가 바람의 뒷발에 차인다
추억이란 아름답지만 때로는 치사한 것
먼 훗날 내 가슴의 터엔 회한의 먼지만이 붐빌 것이다
젖은 얼굴의 달빛으로, 흔들리는 풀잎으로, 서늘한 바람
으로,
사선의 빗방울로, 박속같은 눈꽃으로
너는 그렇게 찾아와 마음의 그릇 채우고 흔들겠지
아 이렇게 숨이 차 사소한 바람에도 몸이 아픈데
구멍 난 조롱박으로 퍼올리는 물처럼 시간이 새고 있다

몸에 피는 꽃

출처 — 《몸에 피는 꽃》, 이재무, 창비, 1996

겨울나무

이파리 무성할 때는
서로가 잘 뵈지 않더니
하늘조차 스스로 가려
발밑 어둡더니
서리 내려 잎 지고
바람 매 맞으며
숭숭 구멍 뚫린 한 세월
줄기와 가지로만 견뎌보자니
보이는구나, 저만큼 멀어진 친구
이만큼 가까워진 이웃
외로워서 더욱 단단한 겨울나무

수목송

바람의 맛 달디단 것
새삼 밤밭골에 와 알았습니다
배 주린 후에야 밥
귀한 줄 알듯
서울 떠나고야 알았습니다
밤밭골에는 약수터가 있고요
여자의 음부처럼 그윽하게 있고요
또옥똑 떨어지는 방울방울은
금장옥액(金裝玉液) 바로 그것이었습니다
바람의 물줄기에 가슴 적시니
여기저기 십 년생 가지들이
동무하자 말을 틉니다
삼십오 년산 나는 그들의 수작이
좀 괘씸하고 억울도 해서
묵묵부답이다가 문득 외로웠다는 생각에
그러마고 고개 끄덕입니다
오전 내내 그들과 노닥거리다
나무로 서서 그들과 더불어 집으로 오니
그새 부쩍 자란 키가
현관에 걸려 들어갈 수 없었어요
하는 수 없이 마음은 문밖에 두고

몸만 들어와 밥 한 사발
찬물에 말아 늦은 아침
배부르게 먹었습니다

신도림역

검고 칙칙한 지하선로
살찐 쥐 한 마리 걸어간다
누군가 검붉은 침을
아직 불이 살아 있는 담배꽁초를
그의 목덜미께로 뱉고 던진다
쥐는 동요하지 않는다
전방 오백 미터 화물열차가
씩씩거리며 달려오고 있다
그는 동요하지 않는다
선로를 가로질러 태평하게 저 갈 곳을 가는
그는 나보다도 서울을
잘 살고 있다

한 무리의 쥐들이 열차에 오른다

한강 철새

어둠은 습기처럼 차오른다 저물 무렵
지하 터널 통과하고도 전철은 철교 위에서
더듬이 잃은 갑각류처럼 더듬거린다
나는 바라다본다 차창 밖
수면에 누워 긴 여행의 노독을 푸는
침묵의 그대들
문득, 다변의 하루가 부끄럽다
목까지 채워진 단추가 답답하다

아무도 호수의 깊이를 모른다

고여 있는 물 웃자란 풀이 썩고
냄새는 떼 지어 몰려다닌다
벌써 며칠째 소로를 따라 걸어온
달빛 무안한 얼굴로 되돌아간다
기미와 화장독 오른 그녀의 낯짝에
가래를 뱉듯 돌을 던져본다
그러나 그녀는 표정을 바꾸지 않는다
소란은 이내 가라앉고
우르르 몰려간 냄새에 밟혀
먼 마을의 꽃들이 진다
아무도 호수의 깊이를 모른다

무서운 나이

천둥 번개가 무서웠던 시절이 있다
큰 죄 짓지 않고도 장마철에는
내 몸에 번개 꽂혀올까 봐
쇠붙이란 쇠붙이 멀찌감치 감추고
몸 웅크려 떨던 시절이 있다
철이 든다는 것은 무엇인가
어느새 한 아이의 아비가 된 나는
천둥 번개가 무섭지 않다
큰 죄 주렁주렁 달고 다녀도
쇠붙이 노상 몸에 달고 다녀도
이까짓 것 이제 두렵지 않다
천둥 번개가 괜시리 두려웠던
행복한 시절이 내게 있었다

징

징은 울고 싶다
다시 한 번 옛날을 울며
울음의 동그라미 속에
나무와 꽃, 사람을 가두고 싶다

그러나 지금은 아무도 그의 울음에
주목하지 않는다 그의 울음은
이미 어제이고 충분히 낡았으므로
새 악기의 향내에 취하다 보면
한때 신명으로 몸 흔들며
목청껏 부르던 노래
왠지 시들하고 구차해진다

징 속에서 사람들이 나오고 있다
징 속에 들어가
징의 일부가 되어버린 몇 사람만이
광 속 어둠 안에서
퍼렇게 녹슬고 있다

징은 울고 싶다
쩌렁쩌렁 천년을 한결같던 솜씨

울음의 곡괭이 휘둘러
거만한, 저 위선의 모래기둥
흔들고 싶다

때까치

독감에 걸린 아들
등짝에 달고
소아과 병원 가는 길
새까맣게 잊고 지냈던
그날의 새 울음소리
크게 들렸네
울타리 산수유 가지마다에
새끼 잃은 원한의
피울음 널어놓다가
외려 돌팔매질에 혼났던,
돌아보면 그저 유년의
사소한 놀잇감이었을 뿐인
새 울음소리
이십오 년 멀고 먼 거리
순간으로 달려와서는
못 갚은 죄의 가슴
콕, 콕 찍어왔네

항아리 속 된장처럼

세월 뜸 들여 깊은 맛 우려내려면
우선은 항아리 속으로 들어가자는 거야
햇장이니 갑갑증이 일겠지 펄펄 끓는 성질에
독이라도 깨고 싶겠지
그럴수록 된장으로 들어앉아서 진득허니
기다리자는 거야 원치 않는 불순물도
뛰어들겠지 고것까지 내 살[肉]로
품어보자는 거야 썩고 썩다가 간과 허파가 녹고
내장까지 다 녹아나고 그럴 즈음에
햇볕 좋은 날 말짱하게 말린 몸으로
식탁에 오르자는 것이야

무덤

아들아 무덤은 왜 둥그런지 아느냐

무덤 둘레에 핀 꽃들
밤에 피는 무덤 위 달꽃이
오래된 약속인 양 둥그렇게
웃고 있는지 아느냐 너는
둥그런 웃음 방싯방싯 아가야
마을에서 직선으로 달려오는 길들도
이곳에 이르러서는 한결
유순해지는 것을 보아라

둥그런 무덤 안에 한나절쯤 갇혀
생의 겸허 한 페이지를 읽고
우리는 저 직선의 마을길
삐뚤삐뚤 걸어가자꾸나
어디서 개 짖는 소리
날카롭게 달려오다가 논둑 냉이꽃
치마폭에 폭 빠지는 것 보며

감나무

감나무 저도 소식이 궁금한 것이다
그러기에 사립 쪽으로는 가지도 더 뻗고
가을이면 그렁그렁 매달아놓은
붉은 눈물
바람결에 슬쩍 흔들려도 보는 것이다
저를 이곳에 뿌리박게 해놓고
주인은 삼십 년을 살다가
도망 기차를 탄 것이
그새 십오 년인데……
감나무 저도 안부가 그리운 것이다
그러기에 봄이면 새순도
담장 너머 쪽부터 내밀어 틔워보는 것이다

벌초

출처 ―《벌초》, 이재무, 실천문학사, 1992

북한산에 올라

내려다보이는 삶이
괴롭고 슬픈 날
산을 오른다 산은
언제나 정상에 이르러서야
사랑과 용서의 길 일러주지만
가파른 산길 오르다 보면
그 길 얼마나 숨차고
벅찬 일인지 안다
돌아보면 내 걸어온 생의
등고선 손에 잡힐 듯
부챗살로 펼쳐져 있는데
멀수록 넓고 편해서
보기 좋구나 새삼
생각하노니 삶이란
기다림에 속고 울면서
조금씩 산을 닮아가는 것
한때의 애증의 옷 벗어
가지에 걸쳐놓으니
상수리나무 구름 낀 하늘
가리키며 이제 그만 내려가자고
길 보챈다

부지깽이

- 서툰 것이 아름답다

일곱 살 때였던가
뒤꼍 울 안 가마솥 옆
부지깽이 하나로
엄닌 내게 쓰기를 가르치셨다
다리엔 몇 번이고 쥐가 올랐다
뒷산 밟아온 어둠이
갈참나무 밑동을 돌며
망설이다 지쳐
모자(母子)의 앉은키
훌쩍, 뛰어넘을 때까지
그친 적 없었다 우리들의 즐거운 놀이

몇 해를 두고
화단 채송화꽃 피었다 지고……

내 문득 그날의 서툰 글씨 그리워
그곳으로 내달려가면
내 앉은키와 나란했던
그 시절의 나무들
팔 벌려야 안을 수 있게 되었고

그 자리
반듯하게 그을수록 더욱 삐뚤어지던
그날의 글자들이
얼굴 환한 꽃으로 피어
웃고 있었다

팽나무

나이가 들면서 나무는
속을 비우기 시작했다
한때는 가지 끝마다
골고루 영양을 져 나르던
줄기는 나이가 들면서
안에서부터, 평생을 두고
하나씩 둘씩 힘겹게 그어온
나이테 지워내고 있었다
그리고 어느 날
속 텅 비운 채
꼿꼿이 선 자세로
나무는 그 길고 오랜
여정을 마감했다

나이가 들면서 나도
팽나무처럼 속 비우고 싶다

기러기

내 일찍이
백날의 밤 밝혀
스승의 필체 익혔더니
오랜 칩거의 방문 열고
마루로 나서는 날
사립 너머
겨울 하늘 한지 삼아
한 획, 한 획을
흐르는 물처럼
자유로이 풀어놓으시며
나는 기러기!
문득 가깝다
아득히 먼 스승의
말씀이여, 지혜여,

오동나무

그 언제부터였던가
몸속으로 자라는
오동나무 한 그루
비바람 불면
가슴 쪽으로 뻗어오는
가지 하나가
자지러지게 울고
별 없는 밤에는
몸속 여기저기서
뚝뚝뚝 가지 부러지고
누군가 뚝딱뚝딱
관 짜는 소리
아, 그 언제부터였나
오동나무 한 그루
온몸 퍼렇게 퍼렇게
삼켜온 날은

부엉이

네가 우는 날 밤
나는 끝내 잠 이룰 수 없었다
늦도록 엄니의 가슴앓이는
지붕의 낡은 기왓장 떨어뜨렸고
건넌방 문틈으로 빠져나온
할머님 잔기침 소리는
낡은 마룻바닥 울리며 서성거렸다
간간이 바람이 불었고
뒷산 삭정개비가 부러졌다
그런 날 밤에는
처마 끝에 매단
시래기 다발이 떨어져
뜰방 어지러웠고
일 나간 아비는 돌아오지 않았다
허물어진 담장 안으로
달빛만 푸짐히 내려 쌓였다

멍석

몸은 무너졌으나 더운밥에 국물 뜨겁던

여름날 우리들의 저녁 식사여

냉수 사발에 발 담근 밤새 울음과

초저녁 별빛 몇 가닥도 건져올려

겉절이와 함께 밥숟갈에 걸치어주고

트림 한 번으로도 낮 동안의 잘못

용서되던 반찬 없이 배불렀던 저녁 식사여

모깃불 연기 사이로

달 속 계수나무며 은하수 토끼 한 마리

모두 정겹던 아, 옛날이여 흑백영화여

늦은 밤 홀로 먹는 저녁밥에 목이 막힐 때

마음의 허청 속 거미줄에 사지 묶인 채

추억과 함께 돌돌 말려진 너의 몸 꺼내

서울 천지에 펼치고 싶다

우리들의 둥그런 식사를 위해

뻐꾸기

서울로 돈 벌러 간 철범이 아내
이태가 지나도록 돌아오지 않고
기별 기다리다 지친 철범이
아내 찾아 서울 간 지 스무 날
여태도 소식이 없네
뒷산 밤나무 가지 흔들고
뽕나무 숲 건너오다가
햇살 부딪혀
오디빛으로 익는
뻐꾸기 울음소리는
철범이네 서너 마지기 무논 가득
첨벙첨벙 떨어져 출렁이는데
이웃 논 모 바라
더욱 높게 출렁이는데

풀벌레 울음 2

- 밤밭골에서

늦여름 밤과 새벽 사이
불면의 방에 찾아온
낯익은 주검들과 나란히 누웠습니다
설움은 창밖 풀벌레 몇이서
실컷 울어주었습니다
아니, 그들의, 사시사철
김장 끝난 텃밭에
남겨진 배추뿌리 같던 생
풀벌레가 춥다 춥다 울었습니다
다 잊은 줄 알고
더는 아니 울 줄 알고
내일만 바라 살았었는데
오늘 까닭 없이 잠 안 오고
그들 또한 불쑥 몸 내밀어
저렇듯 풀벌레가 서럽습니다
아내와 동무 몰래 서럽습니다

애증

- 꽃과 칼

꽃과 칼이 만났다
칼이 꽃을 잘랐다
잘린 그 자리
꽃이 피었다
다시 칼이 꽃을 잘랐다
다시 꽃이 피었다
오랜 세월이 흘렀다
꽃의 대궁 더욱 굵어져갔고
칼은 무디고 녹슬어갔다

비·바람·눈·별빛·달빛이 되어

비가 되어 당신의 이불 적시고 싶었어요

바람이 되어 당신의 창문 두드리고 싶었어요

눈이 되어 당신의 뜰에 내리고 싶었어요

별빛이 되어 당신의 눈결에 뜨고 싶었어요

달빛이 되어 당신의 밤길 밝히고 싶었어요

온다던 사람 오지 않고

출처 —《온다던 사람 오지 않고》, 이재무, 문학과지성사, 1990

긔잡기

1

여름방학이 돌아오면 땟국물 치렁치렁 온몸에 매단 우리
는 일 없는 날 잡아 봉두정으로 긔(게)를 잡으러 갔다 꽁보리
밥과 장아찌가 금슬 좋은 부부로 얼크러져 있는 도시락 허
리에 차고 손에 손에 양동이 들고 마을에서 십 리 떨어진 금
강의 꽁지 봉두정으로 긔를 잡으러 갔다 해찰해대며 휘파람
불며 돌멩이를 찼다 맨발 아프며 하늘에 종주먹질해대며 한
나절 걸어서 갔다 엄니의 젖무덤처럼 물컹물컹한 진흙 수렁
에 배꼽까지 빠지며 동무에 뒤질세라 담박질 끝 냉수 들이
켜듯 긔를 찾았다 산감이나 세무서원 만난 어른들처럼 긔들
은 잘도 숨고, 그러나 꼭꼭 숨겨논 청솔가지 동동주 잘도 들
키듯 긔들은 우리의 눈 벗어나지 못했다 긔가 최후의 발악
으로 손등 물고 발등 할퀴어도 떼 지어 덤비지 않는 한 우리
들 걸신들린 손아귀 벗어나진 못했다

2

오후 새때 때늦은 점심 달게 넘기고 들판 야금야금 삼키
어오던 해거름 등에 지고 수확의 양동이 버겁게 들어 마을
초입에 들어서면 뒤꼍마다 저녁연기 실낱처럼 피어오르고
오래도록 사립문 밖에서 눈 빠지게 기다리시던 할머니가 호
박잎처럼 히쭉 웃고 계셨고 누렁이도 덩달아 꼬리를 쳤다

그때까지 품앗이 나간 아버진 오시지 않고 부엌문 새로 그
믐달 같은 엄니의 부황 뜬 얼굴 빼꼼히 보였다

검바골 대모

일욕심 자식욕심 두루두루 많아서 논농사 자식농사 많이 짓고 많이 생산하여서 늘그막에 보람 크신 검바골 대모 고향 가서 뵐 적마다 눈에 띄게 검불머리 흰머리 늘어가지만 마음은 언제나 대숲으로 살아 일에 게으른 젊은것들에 회초리 되고 귀감이 되는 검바골 대모 그 대모 보면 사 년 전 간경화에 두들겨 맞고 쓰러져 끝내 못 일어나신 울엄니 생각이 나서 눈시울 붉어진다 대모와 살아생전 울엄니 사시사철 이웃하고 사시면서 일 년이면 열댓 차례씩 병아리처럼 토닥토닥 잘도 싸우고 그 사이사이에 금세 변덕도 심해 금슬 좋은 부부로 살아온 세월이 부지기수다 대모의 맏이인 찬범 아저씨 서울 가서 큰 공부 마치고 은행원으로 취직된 것이 우리 동네 제일로 큰 자랑이었는데 울엄니 다섯 마지기 자갈논으로 여섯 형제 가운데 맏이와 셋째를 높은 공부 시켜놓으니 시샘 난 대모 그걸 못 참아 틈만 나면 시비 붙고 쑥덕공론 심하여 울엄니와 대판거리해대는 식이었다 한번은 맏이의 가을 학기 등록금 기일 내에 납부 어려워 전전긍긍 울엄니 며칠을 전전반측하다가 염의 버리고 대모 찾아가 통사정 목 놓았다는데 그 대모 벽장 속 깊이 감춰둔 목돈 꺼내 침 발라 센 후 "돈 썩어도 이 돈 못 빌려준다" 면박을 줘서 그 길로 득달같이 달려와 이불 뒤집어쓰고 "독한 놈의 여편네 징한 여편네" 치미는 울화 욕으로 달래던 엄니 그 일 끝

내 못 잊고 괴로워하다 저세상 가기 두 달 전 문병 오신 대모
의 소똥 같은 눈물이 여윈 볼 흥건히 적셔놓으니 그제서야
노여움의 벽 허물어 대모의 손 굳게 잡았다 그리하여 두 달
후에는 뚝 끊었던 대모의 발걸음 하루가 멀다 하고 우리 집
들러 집 안팎 살림살이 당신 일로 삼아서 챙겨주시니 살아생
전 울엄니 잔소리가 밤낮없이 무꽃으로 펴서 웃고 있다고 어
쩌다 고향 챙기면 검바골 대모 내 손에 감이며 대추 혹은 토
실한 알밤 넣어주시며 한참을 먼산 바라 눈물 글썽이신다

서울 오는 길

막차가 떠났다 뽀얀 먼지가 일고
나이 든 누이와 막내
품앗이 마치고 집으로 가던
아낙들 서넛
저녁 바람에 고즈넉이 흔들리는
미루나무와 나란히 서서
오래도록 손 흔들어주었다
멀리, 사립에 쪼그려 앉아
어머니 누워 계신 먼 산 보며
아버지 청자담배 피워 무셨고
남녘서 날아온 새 한 마리,
가난에 매 맞고 죽은
둘째 동생 재식이와의 추억이
솔잎으로 돋아나는
서편 숲으로 가뭇없이 사라졌다
아리랑 부르며 울며 넘던 고갯길을
숨 가쁘게 차가 달렸고
인가의 불빛은 꽃잎처럼 피어나는데
철들어 품은 기다림 그리움은
멀고 아득하기만 해서
마음의 심지에 타오르는 희망의 등잔불

바람 앞에 언제나 서럽고 위태로웠다

마을 사람들 마음의 손이

꽁꽁 동여맨 간절한 기구의 보따리

허리에 차고

평생을 가도 가 닿지 못할

그러나 기어이 가야만 하는

멀고 험한 길 가며

바닥을 잊은 가슴샘에서

솟는 눈물은 또 얼마나 더 퍼올려야 하는 것인가

멀미가 일어

달게 먹은 점심의 국수가락 토해내면서

서울 오는 길

고향은 끝내 깍지 낀 내 몸

풀지 않았다

마포 산동네

늦잠 자던 가로등
투덜대며 눈을 뜨고
건넛집 옥상 위
개운하게 팔다리를 흔들며
옥수수 잎새
낮 동안 이고 있던 햇살을 턴다
놀이에 지친 아이들 잠들고
한강을 건너온 달빛
젖은 얼굴로
불 꺼진 창들만 골라
기웃거린다 안간힘으로 구름을 밀며
바람이 불고
일터에서 돌아오는 남도의 사투리들
거리를 가득 메운다
하나둘 창마다 불이 켜지고
소스라쳐 빨개진 얼굴로
달빛 뒷걸음친다
비로소 가는 비 맞은 풀잎처럼
생기가 돈다, 마포 산동네

고구마

귀갓길
불현 발목을 감는
부드러운 내음의 물 젖은 목소리

돌아보니 골목 한 귀퉁이
부여나 공주
아니면 강원도 산골에서 걸어왔을까

부끄러운 듯 봉지 밖으로
고개를 내민 흙 묻은 얼굴
천 원짜리 한 장을 주고
소박한 웃음과 고향을 산다

마음의 화롯불 속
눈뜨는 불씨

여름 장마 가을 서리
밟아온 웃음과 고향
한입 크게 베어물으니
살 속 뼛속 파고드는 겨울바람도
내 오늘 하루만은 용서하고 싶어라

시

가마솥에 예순의 아부지
닳고 닳은 발톱과
논밭에 잃은 죽은 엄니
일평생 손톱을 모아
솥뚜껑 넘치도록 넣어서
불을 지핀다
장작이 활활 타오른다
움막 뛰어나온 황소 울음과
신작로 자갈 튕기며
귀가 서두르는 김씨의 경운기 소리가
뒤늦게 가마솥에 뛰어든다
모든 것이 섞여
하나로 끓기를 기다리는 동안
텃밭 가득 달빛 푸른 푸성귀들
입술 훔치고 온 샛바람
아궁이 속으로 겁도 없이 기어들어가
장작의 아랫도리 긁어댄다
밤새워 불 질러도
끓을 듯 끓을 듯
아부지의 노동 엄니의 일생
또, 마을 사람들의 눈물

160

끓지를 않고,

아부지

저물 무렵 밭둔덕에 외로이 서 있는
늙은 감나무와 나란히 서서
인생의 황혼을 억세게 갈무리하시는
아부지의 등허리엔
살아온 날의 높고 낮은 등고선이
가파르게 펼쳐져 있다
예순에서 다섯 모자란 나이에
간경화를 앓고 있는 아부지는
누가 보기에도 시한부 인생임에 틀림없는데
아직도 일 욕심엔 장정에 지지 않는다
아부지의 손길이 밭고랑을 스치면
모진 가뭄 속에서도 풋것들은
장정의 아랫도리로 온 마을을 달리고
아부지의 발길이 논두렁을 밟으면
모진 비바람 속에서도 모들의 행진
당신의 젊은 날처럼 눈에 부시다
밭둔덕 따라
지게 가득 노을을 지고 가는
아부지의 뒤켠에는
살아온 날의 금강물이
잔잔히 흐르고 있다

보리

보리밭 속에 들어가
보리와 함께 서본 사람은
알리라 바람의 속도와
비의 깊이를,
보리밭 속에 들어가
보리와 함께 흔들리며
일생을 살아가는
사람은 정확히 알리라
세상 옳게 이기는 길
그것은 바로
바르게 서서 푸르게 생을 사는
자세에 있다는 것을,

땡감

여름 땡볕
옳게 이기는 놈일수록
떫다
떫은 놈일수록
가을 햇살 푸짐한 날에
단맛 그득 품을 수 있다
떫은 놈일수록
벌레에 강하다
비바람 이길 수 있다
덜 떫은 놈일수록
홍시로
가지 못한다

아, 둘러보아도 둘러보아도
이 여름 땡볕 세월에
땡감처럼 단단한 놈들이 없다
떫은 놈들이 없다

장작을 패며

장작을 패며 나는 배운다
싸움꾼의 원칙과 자세에 대하여.

두 눈 부릅떠 결을 겨눌 것.
옹이는 절대 피할 것.
순서는 마른 것에서 젖은 순으로.

한두 시간이 아니라
하루 이틀이 아니라
평생을 도끼질할 때
원칙과 자세가 바로 생명이라는 것을.

연장

흙에서 멀어질수록 녹이 슨다
결국 못쓰게 된다
잡풀과 싸우며
씨앗의 성장을 위해
몸 바치는 동안
그들의 몸은 빛난다
온 들판을 갈아엎고 와
마당가 아무렇게나
대자로 누워 자는
저 건장한 사내들 보라
달빛 아래 코 고는 소리 웅장하구나
녹슨 연장 늘어갈수록
나라의 땅 황폐해진다
나라의 살림 가난해진다
누가 연장을 놀게 하는가
누가 그들을 무기로 만드는가

팽이

– 한국의 현대사를 위하여

태극 무늬가 그려진
팽이가 돈다 어지럽게
우측으로만 돌고 있다
치면 칠수록 미쳐 날뛰며
도는 팽이 속에는 이제
태극 무늬 같은 것은 보이지 않는다
오로지 돌기 위하여 돌 뿐
생활이 보이지 않는다
눈알 튀어나올 듯 아프게
돌고 있는 팽이 앞에서
마침내 우리가 팽이를 돌리는 것인가
팽이가 우릴 돌리는 것인가

섣달 그믐

출처 — 《섣달 그믐》, 이재무, 청사, 1987

겨울밤

싸락눈이 내리고 날은 저물어
길은 보이지 않고
목쉰 개 울음만 빙판에 자꾸
엎어지는데 식전에 나간 아부지
여태 돌아오시지 않는다
세 번 데운 황새기 장국은 쫄고
벽시계가 열한 시를 친다
무거워오는 졸음을 쫓고
문고리를 흔드는 기침 소리에
놀라 문 열면
싸대기를 때리는 바람
이불 속 묻어둔 밥
다독거리다 밤은 깊어
살강 뒤지는 생쥐 소리
서울행 기적 소리 들리고 오 리 밖
상엿집 지나 숱한 설움 짊어지고
된바람 헤쳐오는 가쁜 숨소리
들린다 여태 아부지는 오시지 않고

겨울 잠

아궁이가 메워지던 날 이후로부터
습기가 차고 외풍이 심한 사랑방에서
겨울 긴 밤을 지낼 때
동생과 나의 서투른 잠은 싸움뿐이다
나일론 요 한 장과 천이 얇다란
솜이불 한 장으로는
체온 지키기 너무 벅차서
의식으로 혹은 무의식으로
서로서로 불신하며 치열한 싸움뿐이다
한 피붙이로 태어나서도
웬일인지 부둥켜 자지 않는
우리들의 깊은 겨울 잠
꿈속에서도 건널 수 없는 강이 흐르고
가시덤불 철조망에 찔리는구나
더러, 한밤중 추위에 시달리다가
도둑맞는 잠 일어나보면
이불은 윗목 저만큼 밀려나 있고
그때마다 목청 높여 핑계만 미루어댈 뿐
아궁이 고칠 생각은 하지 않는다
아궁이가 메워지던 날 이후로부터
색깔 다른 꿈만 꾸다가

온밤 죽일 듯 죽일 듯 싸움만 한다

옻나무

어릴 적 나는, 토담집 한 귀퉁이
십 수 년 우리 집 가난과 함께 자라온
옻나무가 무서웠다 살갗만 살짝 스쳐도
온몸에 두드러기가 일던 그 괴괴한 나무의 서늘한 눈빛과
무심코 눈이라도 부딪는 날이면
어김없이 밤마다 진저리치는 악몽에
시달려야 했다 어느 해인가
할머니의 가슴앓이로 다리 한 짝 잃고도
아버지의 진기 빠진 근력 위해
팔 한 짝 선뜻 내주던 은혜였던 나무
그러나 그다음 해의 늦봄
해수병의 당숙 기어이 속옷으로 쓰러뜨리던
성성한 이파리로
그늘 넓혀 이십여 평 양지의 마당
삼키어가던 식욕 좋던 그 나무가
어릴 적 나는, 왜 그리 무서운 금기의 나무였는지
지금도 추억 떠올리면 종아리에 소름꽃 핀다
옻 타지 않는 이에게 더없이 약 되면서
옻 타는 사람에겐 더없이 병 되던
은혜와 배반의 이파리로 엮어진 나무
그 시퍼런 이중성의 표정이

근엄한 판검사의 얼굴로 닥지닥지 열리는 것을

어느 날 나는, 법정의 방청석에서

오들오들 떨며 그러나 똑똑히 보았다

할머니 무덤

십오 리 황토길 걸어
응달 숲 사이 눈 덮인 무덤에
무릎을 꿇고 안부를 묻는다
풍년초 말아 피우시며 칠십 생애
논밭의 검불 긁으시던 갈퀴손에다
솔담배 붙여드리니
수런대는 나무들 너머
할머니의 잔기침이 몰려와
벌판 위 쓰러지는 눈발이 온통 눈물 넘치는구나
백 리를 돌아 지쳐온 나에게
어릴 적 종아리 매만져주시며
세상 어느 바닥도 모질게 걸어야 혀
하시던 말씀
바람으로 등을 떠밀고

어머니의 기도

가랑비가 내리고 나뭇잎 하나
동전처럼 떨어진다 519호 환자실 창문 너머로
밤배처럼 보문산은 흔들려 멀어져가고
엉킨 길들 풀린다 자욱이 물안개 지피며
하루 해는 저물고
오래 앓은 기침 소리도 비에 젖는데
가슴을 적시는 일요일 예배당 차임벨 소리
두 손에 감싸며 어머니 기도를 한다
깊게 파인 주름 고랑엔
살아온 날의 물굽이 출렁거리고
어머니 반백의 머리 위
몇 줄의 흰 머리카락 더 심어놓은
어머니의 가을은 떠나려는데
강둑 자갈밭 물안개 밟으며
어머니의 짚신은 얼마나 닳아 있을까
잡초 되어 흔들리는 지붕 위
빗발 더욱 굵어지고
눈결 가득 넘치는 강물 깊어가는데
어머니 먼 길 떠나려 한다

귀향 2

마음으로만 챙기는 고향
어쩌다 큰맘 먹고 들르는 날엔
풀잎들 반갑고
유년이 먹 감고 있는 냇물
여린 손 뻗어
등짝의 땀 씻어주었다
밭두렁 따라
땀 내음과 나란히 누워
잠자던 오래전의 발자국들은
화들짝 놀라며 보릿잎들을 흔들었다
부끄러웠다, 오랫동안 비워두었던
마을의 앞산 뒷산은
장정의 푸른 웃음
온몸으로 내밀며 추억의 가지
양어깨에 척척 얹혀왔지만
호박죽마냥 푸짐했던 동무들 웃음
물길 따라 하나둘 풀려나갔다
내가 버리고 네가 버린 마을
예나 지금이나 노년으로 남아
노인들 근력으로만 버티고 있었고
갈수록 노인들 삭신 짓누르는

마을의 부채는 무거워갔다
마음으로만 챙기는 고향
어쩌다 큰맘 먹고 들르는 날엔
철부지 때 꿈들이 뛰어나와 발목 걸고
그간의 얘기 한꺼번에 들려주며
훌쩍거렸다, 다시는 떠나지 마라
노여워하며
해마다 빚홍수에 시달리면서
흥건했던 풍년의 인심
흉년으로 각박해지는 마을
등허리 아프게 짊어지고 오던 날
그믐달은 겨우겨우
산골길 어둠 쓸고 있었다

팽나무

어릴 적, 아부지의 회초리 되어
공부나 심부름에 게으른 날엔
종아리 파랗게 아프게 하고

식전부터 일 나가신 엄니 아부지
기다리다 지치는 날엔
동무보다 재미있는 장난감 되어
하루해 무료 달래어주던

나의 선생 나의 누이인 나무

지금도 안부 챙기러 고향 갈 적에
반쯤 허리 숙인 채
죽은 엄니 살았을 적 손길로
등 두드리는

이 세상 가장 인자한 어른

기쁠 때 쏟은 한 말의 웃음
설울 때 쏟은 한 가마 눈물
뿌리로 가지로 쑥쑥 자라는

우리 동네 제일로 오래된 나무

재식이

아버지의 평생과 죽은 엄니의 생애가
고스란히 거름으로 뿌려져 있는
다섯 마지기 가쟁이 논이 팔린 지
닷새째 되는 날
품앗이에서 돌아온 둘째 동생 재식이는
한동안 잊었던 울음 쏟고 말았다
맷돌 같은 손으로 흘러넘치는 눈물 찍으며
대대손손 가난뿐인 빚 좋은 개살구의
가문의 기둥 찍고 찍었다
동생의 아이구땜으로
"정직, 성실하게 살자"
가훈이 덜컹 마루 끝으로 떨어지고
동네 허리 감싸안은 야산도
함께 울었다 여간한 슬픔
끝 모를 절망의 늪에
온몸 빠졌을 때도, 눈물에 인색하면서
선웃음 잃지 않던 뚝심의 동생이
썩은새로 무너지며 터뜨린 눈물로
텃밭 푸성귀들을 자지러지게 흔들던 날
예순의 머슴 아비도
죽은 엄니 초상화 꺼내들고

아끼던 눈물 한 방울
방바닥으로 굴리셨다
팔려버려 지금은 남의 논이 된
그 논에 모를 꽂고 온 동생의 하루가
내 살아온 부끄러운 나날에
비수되어 꽂히던 달도 없던 그날 밤
건넛집 흑백 티브이 브라운관 뛰쳐나온
프로야구의 들끓는 함성이
허름한 담벼락
마구 흔들어대고 있었다

봄비, 사월에

봄비는 말한다
열심히 공부하세요 여차장에게
대학에 가세요
이제 졸음 좇는 어둠은 버려야지요

봄비는 말한다
옷을 입으세요 창녀에게
아기를 가져보세요 가정을 이뤄보세요
단골 홀아비의 바지를 훔쳐보시지요

봄비는 말한다
근육에 잎을 틔우세요 노동자에게
이제 단칸방은 버려야지요

봄비는 말한다
더욱 튼튼한 다리를 가지세요 병약자에게
거리를 활보하세요
오백 년만 더 사시지요

봄비는 말한다
넘어지세요 진흙살에

더욱 납작 엎드리어 아랫배에 힘을 주세요
싱싱한 씨앗을 뿌리시지요

풀잎에 구르는 싱싱한 눈물
아직, 팔팔한 종아리에 꽃을 피우며
넘어지고 일어서는 흙탕길 가요
가슴 파는 그리움
이 땅 위 솟아오르는 샘물이 돼요

우렁이

쉰 생애 아버지의 주름살 파인
구불덩 구불덩 논둑길 타면
뒷덜미를 치는 한숨
뒤돌아보면,
찬바람만 아득하고나

무심히 발목에 차여 뒹구는
아버지의 맨가슴 같은
우렁껍질 속
몇 점 휘날리는 눈발이 녹고
눈물 넘치는 논바닥에는
밤마다 별꽃이 뜨네

내디딘 구두 밑창에
별 그림자 찌그러지는데
가위눌리는 신음 소리는
북풍에 실려 어디로 가나
논둑길에 뒹구는 우렁이 하나

2부

2012 제27회 소월시문학상
심사 경위

- 수상 | 이재무 〈길 위의 식사〉 외 23편
- 심사 대상 | 고영민 〈벽돌 한 장〉 외 29편 / 김선우 〈흰 밥〉 외 17편 / 손택수 〈하늘 골목〉 외 13편 / 여태천 〈아주 작은 실수〉 외 16편 / 윤제림 〈동갑〉 외 12편 / 이재무 〈길 위의 식사〉 외 23편 / 이홍섭 〈지누아리〉 외 24편 / 장석남 〈우는 돌〉 외 17편 / 조용미 〈나의 다른 이름들〉 외 21편 / 함민복 〈구름의 주차장〉 외 9편 / 황인숙 〈못 다 한 사랑이 너무 많아서〉 외 19편 (가나다 순)

2012년도 제27회 소월시문학상은 2011년 6월부터 2012년 5월(월간지는 2011년 6월호부터 2012년 5월호, 계간지는 2011년 여름호부터 2012년 봄호)까지 주요 문예지에 발표된 신작시를 대상으로 100여 분의 문학평론가, 시인, 대학 교수 및 문예지 문학 담당자와 언론사 문학 담당 기자들의 추천, 그리고 그동안 꾸준한 시 창작을 통해 주목을 받아온 시인들을 선별하여 예심을 진행

하였다. 예심을 거쳐 본심에 오른 시인은 고영민, 김선우, 손택수, 여태천, 윤제림, 이재무, 이홍섭, 장석남, 조용미, 함민복, 황인숙(가나다 순) 등 열한 명이었다.

2011년 5월 초부터 시작된 예심 작업을 통해 본심에서 논의할 최종 후보작들이 5월 중순경에 선정되었고 그 작품들은 심사위원단에게 전달되었다. 6월 4일 열린 본심은 심사위원(김남조·오세영·문정희·권영민·문태준)이 후보작들에 대한 전반적인 소감을 밝힌 후, 이미 다른 문학상을 수상했거나 수상하게 된 조용미, 장석남 시인을 제외하고, 후보작으로 세 명의 시인을 추천하여 가장 추천을 많이 받은 시인들로 논의의 범위를 좁혀 나갔다. 여기서 집중적으로 논의된 시인은 고영민, 김선우, 손택수, 이재무, 황인숙 등이었다.

심사위원들은 이재무 시인이 "지난 삼십 년간 한국 서정시의 중심에 서서 일상의 삶과 그 경험의 진실성을 서정의 세계로 끌어올리며 아름다운 시 정신을 가꾸어온 중견의 시인"으로 평가하면서, 그의 시는 "아무런 특권을 갖지 못한 서민들이 발 딛고 사는 격랑의 현실에서 태어나는 경우가 많다."고 분석했다.

또한 심사위원들은 수상작으로 선정된 〈길 위의 식사〉와 여러 시편에서 보여주는 바와 같이 그의 시는 "각박한 현실의 삶과 그 고뇌를 인간적인 사랑으로 끌어안고 이를 정신적으로 극복하려는 의지를 시적으로 구현하고 있다."고 분석하면서 "일상의 현실에서 빠져들기 쉬운 매너리즘을 벗어나 깊이와 무게를 지닌 서정시의 본연의 모습을 지켜오고 있는 시인의 노력은 매우 소중한 의미를 지니고 있다."고 평가했다. 아울러 그의 또 다른 시편들에는 "빛나는 비유가 있으며, 편차가 없이 잘 조직화되어 있고, 열세에 몰린 경우에라도 뜻을 굽히지 않고 그것을 역전시키는 장쾌한 호령이 있다."고 평가하여 제27회 소월시문학상 수상작으로 선정하는 데 의견의 일치를 보았다.

2012 제27회 소월시문학상
심사평

재기의 더듬이를 감춘 무광택의 기능
— 김남조 · 시인

소월시문학상의 연륜이 어느덧 27회째에 접어들었다. 첫 무렵의 수상자가 후에 심사위원이 되고 그가 뽑은 시인이 다시 심사에 참여하여 올해의 수상자를 낙점할 만큼 세월이 깊어졌다.

예심에서 넘어온 십여 명의 시인군(群)은 거의 예외 없이 '좋은 시인들'이었고 여기에서 이재무, 손택수, 김선우 시인을 최종심에 남기게 되었으며, 다시금 숙고와 논의 끝에 이재무 시인에게 수상자의 영예를 주기로 결정하였다. 이재무 시인은 이미 수차례 당선권 내에 들었던 사람이며 이 말은 시적 역량의 검정이 신뢰할 만하다는 뜻이 될 줄 안다.

이재무 시인의 근작 시들은 삶 그것의 내포와 심도를 담아왔고 안정감과 모종의 우수도 엿보인다. 먼 길을 오래 걸어온 사람의 피로감과 외로움도 절감할 수가 있었다. 재기(才氣)의 더듬이를 안으로 감춘 무광택의 기능을 귀하게 평가한다.

손택수, 김선우 시인의 작품 및 여타의 후보 시인 모두의 시가 저마다 탁월한 점을 지니고 있었다. 하여 경의와 축하를 함께 보낸다.

나의 세 가지 관점에서 앞선 작품
— 오세영 · 시인

이미 다른 문학상을 수상했거나, 수상하게 된 조용미, 장석남 씨를 제외하고 예심에서 올라온 후보자들 가운데서 필자의 관심을 끌었던 시인들로는 이재무, 손택수, 고영민, 김선우 씨 등이 있었다. 이중 이재무 씨를 올해의 수상자로 뽑는 데 심사위원 전원 이의가 없었다. 먼저 수상자에게 축하를 드린다.

문학상 심사 때마다 매번 부딪히는 일이지만 왜 하필 그 시인을 수상자로 뽑았느냐고 물을 경우 가장 상식적이고 필연적인 대답은 '그 시인의 시가 제일 좋았기 때문'이라고 말하는 것 이외에 다른 말이 있을 수 없다. 후보작들의 작품을 읽어보니 그의 시가 그중 좋았다는 것이다. 문제는 '그 좋은 이유'를 어떻게 객관적으로 해명하느냐 하는 것인데 결론적으로 그것을 완전히, 명백하게, 또 논리적으로 설명한다는 것은 오늘의 그어떤 시론(詩論)도 불가능하다는 사실이다. 작품의 본질 해명이 불가능한 우리(시론가)로서는 다만 그 작품의 실체에 다다르려 (approach) 노력할 뿐이다. 사르트르가 비평가를 공동묘지의 묘지기라고 비아냥댔던 것, 랑송이 작품의 객관적 분석을 초월해 '인상비평'을 강조했던 것도 이 때문이다. 그러한 관점에서 문학상의 심사에는 심사위원의 문학적 취향이나 감성도 크게 한몫

할 것임이 당연하다. 후보자들에겐 운도 따라야 한다는 것이다.

그러나 그 아무리 작품의 본질 해명이 불가능하다 할지라도, 그리고 그것이 가장 완전하다거나 객관적이라고 말할 수는 없다 하더라도 그 작품을 바라보는 심사위원 나름의 패러다임이 없을 수 없다. 필자 역시 그에 관해 대체로 세 가지 기준을 가지고 있다. 첫째 문학도 예술의 한 유형이라는 관점에서 작품의 감각적 형상화가 어떤가, 둘째 비록 예술이라 하지만 독특하게도 문학은 물질이 아니라 언어를 매개로 한다는 점에서 그 안에 담겨진 세계관이나 이념이 어떤가, 셋째 창조적 작업이라는 점에서 상상력의 새로움은 어떤가 등이다. 말하자면 이재무 씨의 시들은 이 세 가지 관점에서 다른 분들의 그것보다 다소 앞섰다는 것이 필자의 생각이다.

손택수, 고영민, 김선우 씨의 시들도 좋았다. 그러나 필자의 관점으로 손택수 씨의 시는 다소 불안정한 측면이 있어 보였고, 고영민 씨의 시는 신인다운 패기가 부족해 보였고, 김선우 씨의 시는 감성의 해체가 지나치지 않았나 생각한다.

구체적인 삶 속에서 끌어내는 시의 미학
— 문정희 · 시인

이 시대에 나타난 우울한 문학의 징후들을 떠올리면서 소월시문학상 본선에 오른 시편들을 읽었다.

뜻밖에도 시의 기본을 지키면서도 새로움에 대한 갈증을 잘 표출해내는 시와 시인들을 발견할 수 있었다.

필연성 없이 선택한 주제를 그다지 새로울 것 없는 식상한 비유법으로 쏟아내는 시의 홍수 속에 그래도 이만큼이나마 시의 본질에 충실한 시인들이 끝없이 자세를 가다듬고 탐험을 계속한다는 것은 다행한 일이었다.

최종심에 오른 열한 분의 시인 가운데 손택수, 황인숙, 김선우, 이재무 시인으로 의견이 좁혀졌다.

상큼한 언어로 현실을 감각하는 재능, 손에 잘 익은 그릇에다 신선한 나물을 맛있게 버무려내는 솜씨, 혹은 본래 없는 생에 대한 갈증과 대결을 리듬으로 표출해낸 시인들의 시를 읽으며 우열보다는 개성을 선택하면 더 좋겠다는 생각도 해보았다.

올해의 수상자로 이재무 시인을 결정하는 데에 큰 이견이 없었다.

구체적인 삶 속에서 시를 끌어내는 솜씨, 속 깊이 삼키어 짐짓 들키지 않는 고통과 상처, 세상을 향해 끝까지 따뜻한 시인으로서의 시각을 견지하는 자세는 새로운 언어 탐험이나 개성의 표출에 대한 아쉬움을 뛰어넘고도 남았다. 부디 대성할 것을 기대한다.

각박한 현실의 고뇌를 사랑으로 끌어안다
― 권영민 · 문학평론가, 단국대 석좌교수

2012년 소월시문학상의 본심 과정에서 내가 주목한 시인은 손택수, 장석남, 이재무, 조용미 등이었다. 장석남 씨의 시는 감각의 균형이 뛰어나지만 초월주의적 진술이 더러 그 균형을 깨뜨린다. 손택수 씨의 시에서는 경험의 진실이 잘 묻어나는데,

시적 어조 자체가 지나치게 무겁게 느껴지는 경우가 많다. 조용미 씨의 시는 시적 제재와 그것을 다루는 방법이 변화무쌍하다. 그렇지만 시적 주제에 대한 인식의 깊이가 부족하다는 느낌이 들기도 한다.

소월시문학상의 수상자로 이재무 시인을 선정하는 데에 다른 심사위원들과 함께 찬성하였다. 이재무 시인은 지난 삼십 년간 한국 서정시의 중심에 서서 일상의 삶과 그 경험의 진실성을 서정의 세계로 끌어올리며 아름다운 시 정신을 가꾸어온 중견의 시인이다.

이번 수상작이 된 〈길 위의 식사〉 등 시편들은 각박한 현실의 삶과 그 고뇌를 인간적인 사랑으로 끌어안고 이를 정신적으로 극복하려는 의지를 시적으로 구현하고 있다. 단조로운 일상의 현실에서 빠져들기 쉬운 매너리즘을 벗어나 사물의 존재와 그 의미를 새롭게 발견하고 있는 점도 높이 평가할 수 있다.

특히 이재무 시인의 최근작에서 깊이와 무게를 지닌 서정시의 본연의 모습을 지켜보고자 노력하는 진지한 시인의 자세가 두드러지게 드러나고 있다는 것은 한국 현대시의 앞날을 위해 다행한 일이라고 생각한다. 이재무 시인의 시적 작업에 더 큰 발전이 있기를 바란다.

'생활의 손아귀'로부터 벗어나려는 시
— 문태준 · 시인

이재무 시인의 시는 아무런 특권을 갖지 못한 서민들이 발 딛고 사는 격랑의 현실에서 태어나는 경우가 많다. 그의 시는 줄곧 지상의 글썽이는 가난 곁에 있어왔다. 이른바 그가 스스로 지칭한, 우악스런 '생활의 손아귀'로부터 자유로워지려는 의지가 그의 시의 육성이다. 그의 시에는 빛나는 비유가 있으며, 편차가 없이 잘 조직화되어 있고, 열세에 몰린 경우에라도 뜻을 굽히지 않고 그것을 역전시키는 장쾌한 호령이 있다. 이재무 시인만큼 시의 위의를 정중하게 지키고자 꾸준하게 노력해온 시인도 흔하지는 않을 것이다.

시의 역할은 어떤 구속에 맞서 싸우는 일에도 있을 것이다. 이때의 구속에는 상상을 제한하는 모든 조건들이 포함된다. 한 편의 시가 마음속으로 그려보는 것을 개방하여 좁은 소유의 둘레를 없애는 일은 그 시를 창작한 시인에게나 그 시를 읽는 독자에게나 매우 유의미한 일이다. 이재무 시인이 근래에 발표한 시들을 읽으면서 내가 각별하게 갖게 된 생각 중 하나는 바로 이 테두리를 없애는 일을 그의 시가 몸소 실천하고 있다는 것이다. 그의 시는 해맑게 웃으며 성큼성큼 바깥으로 걸어나간다. 작위를 버리고 우주적인 차원으로까지 나아가는 활달함을 보여주기도 한다. 이것은 아마도 선량한 성품과 인생의 경험에서 능란하게 솟아난 것이리라고 믿는다.

시 〈길 위의 식사〉는 유동하고 유랑하는 우리의 삶을 노래한 가편(佳篇)이다. 기반 없이, 의지할 곳 없이 물결쳐 가는 우리의 삶을, 우리의 식탁을 시인은 처연한 눈빛으로 노래한다. 이 시를 통해 우리는 재화가 되어버린 '밥' 뿐만 아니라 생의 조건 전반을 반성적으로 돌아보게 된다. 여기에 이 시의 대담한 진전이 있다. 이재무 시인의 소월시문학상 수상을 진심으로 축하드린다.

수상 소감

이재무

진화하는 건강한 서정을 위하여

수상 소식을 접하고 난 뒤 가장 먼저 떠오른 얼굴은 어머니였습니다. 향년 48세를 일기로, 한 많은 생을 너무도 일찍 마감하셔서 불효를 탕감할 기회를 주지 않은 채 돌아가신 어머니. 아마도 살아계셨다면 덩실덩실 어깨춤 추며 '우리 아들 장하다.'고 온 동네방네 돌아다니며 너스레와 호들갑을 떨어댈 게 뻔했을 어머니. 그런 어머니의 얼굴이 눈앞엔 듯 환하게 떠오르는 것입니다. 그러자니 이 무슨 주책인지, 괜스레 나이에 어울리지 않게 콧등이 시큰해지며 눈가에 살짝 안개가 서려옵니다. 어머니는 내가 시인이 된 줄도 모르고 돌아가셨습니다. 오로지 성장한 자식이 비 새지 않는 집에서 끼니 거르지 않고 살아가는 것만을 소원하셨습니다. 나의 첫 시는 이런 어머니에게 바치는 사모곡이었습니다. 서른 해 전 겨울 진눈깨비가 흩뿌리던 날 어머니를 종산에 묻고 돌아와 망연자실하다가 늦은 밤 잠든 식구들 몰래 일어나 쓴 시가 나의 첫 시였던 것입니다. 그러므로 오늘의 이 기쁨은 온전히 어머니의 몫입니다. 아마도 하늘에 계신 어머니께서도 벌써 아시고 흐뭇하게 웃으실 것입니다. 오늘 이후로 우주 안에 편재하는 모든 것들이 내게 특별히 다른 의미와 가치로 다가올 것을 예감합니다. 이후로 나는 집요하게 나를 따라다녔던 불신과 회의의 감옥에서 벗어나 더러는 사물과 세계에 대해 긍정하는 자가 될 것임을 예감합니다.

아시다시피 소월은 우리 시사에 있어 가장 한국적인 시인입니다. 민요조에 정한을 담아 노래한 시인이면서도 현실의 모순을 올곧게 직시한 시인이기도 합니다. 시와 노래가 한 몸이라는 것을 완벽에 가깝게 보여주면서도 일제 식민지 현실의 고뇌와 아픔을 외면하지 않았던 시인이 바로 소월인 것입니다. 오늘날 우리 시가, 무슨 강박처럼 지나치게 온갖 해괴한 요설로 산문화되어가는 경우에다 현실의 눈물겨운 참상을 외면한 채 자기 안의 내면에만 침잠, 골몰하는 현상에 대하여 염려하는 바가 없지 않았던 나로서는 물리적 시차를 뛰어넘어 소월의 시정신을 창조적으로 계승하여야 할 의무와 책임을 느낍니다.

나는 우리 근현대 시사의 가장 중요한 문학적 자산인 서정의 전통성을 법고창신(法古創新)의 자세로 내화하고자 합니다. 그것은 다름 아닌 '진화하는 건강한 서정'입니다. 재래 문법에 안주한 고답적 서정이 아니라 변화하는 시대에 탄력적으로 대응하는 창조적 서정을 계속하여 선보이고 싶은 것입니다. 형식과 내용의 기계적 조화가 아니라 긴장하고 갈등하는, 기우뚱한 조화와 균형을 꿈꾸는 것입니다. 이것이 소월을 승계하는 일이며 살리는 길이라고 믿기 때문입니다. 이것이 소월의 부활이라고 여기기 때문입니다. 소월을 베끼는 것은 소월을 존중하는 태도가 아닙니다. 소월을 더 젊게 만드는 것이 소월을 따르는 일이고 그를 외경하는 태도입니다. 모든 사물이 자기 완결을 위한 진화를 거듭하듯이 우리 시의 서정도 자기 완결을 위한 진화의 도정을 멈추지 말아야 한다고 생각합니다.

지금 우리 시대는 너무 많은 분열로 넘쳐나고 있습니다. 남과 북의 오랜 반목과 대립에서 연유된 갈등과 분열의 양상은 이후 남남 갈등으로 번지고 퍼져, 갈수록 그것을 심화시키고 있는 지경에 이르렀습니다. 갈등과 분열이 사회 구성원에게 내면화되어 그것을 지각하지 못하는 단계에 이르렀습니다. 지역 간의 갈등, 자본과 노동 간의 갈등, 이념 간의 갈등, 남녀 간의 갈등, 세대 간의 갈등, 거기에 최근에는 새롭게 생긴 강남과 강북 간의 갈등까지 더해져 난마처럼 얽혀 어지러운 형세를 이루고 있는 실정입니다. 편 가르기가 만연해 있는 오늘의 현실을 문학인이라고 피해갈 수 있는 것은 아닙니다.

나는 문학이 무슨 만병통치약의 효능을 가졌다고 믿는 시대착오적인 사람은 아닙니다. 또 지난 연대처럼 문학이 사회적 변혁을 위한 수단이나 도구가 되어야 한다고 강변하는 어리석은 맹목의 계몽주의자도 아닙니다. 하지만 문학이 자신들만의 자폐의 성 안에 갇혀 자신들만의 자신들만을 위한 축제에 빠져서는 안 된다고 생각합니다. 독자 제위를 떠나 스스로 독자 대중과 연결된 문을 닫고 고립을 자처해 유폐와 단절의 성 안으로 걸어들어가는 문학이어서는 안 된다고 생각합니다. 어디까지나 문학의 물적 토대는 독자이기 때문입니다. 그렇다고 독자에게 아부하거나 아첨하는 문학을 하자고 주장하는 것은 절대로 아닙니다. 독자에게 위무하는 것만을 목적으로 하는 아편 같은 문학을 강조하는 것도 아닙니다. 문학의 근원적인 정신은 창조와 비판하는 태도이기 때문입니다. 창조적으로 대상과 세계를 읽고 비판적으로 세상을 읽어내는 것이 문학하는 이의 온

당한 자세라고 생각하기 때문입니다.

내가 말하고 싶은 것은 요컨대 앞서 언급한 것처럼 갈등과 분열로 갈가리 찢겨진 불모의 현실을 외면하지 말고 그것에 주의하고 주목하자는 것입니다. 그러한 관심의 표명이 일차적으로 불화와 불신과 불통을 해결하는 첫걸음이기 때문입니다. 나는 문학이, 시가 그런 역할에도 일정 참여하여야 한다고 생각합니다. 또 문학이, 시가 독자 제위에게 건강한 위무를 줄 수 있어야 한다고 생각합니다. 사회와 역사에 대한 성찰이 결여된 채 개인의 병적인 정서와 정신 병리적 증상만을 드러내는 것이 전위이고 최첨단이라는 생각에서 벗어나야 한다고 생각합니다.

생각의 편차가 심한 사람들도 소월의 시를 읽으며 함께 감동과 울림을 공유했던 시절은 충분히 아름답고 행복했습니다. 그러나 우리는 다시 그런 날을 살기 어려울 것입니다. 하지만 그것에 근접하도록 노력하는 것마저 냉대하거나 냉소하는 일은 없어야 할 것입니다. 또 소월이 보여준 첨예한 현실 인식도 놓쳐서는 안 된다고 생각합니다. 보편적 감동과 울림이라는 문학의 당위가 이론에만 갇혀 있지 않고 현장에서 살아 돌아다니게 해야 할 것입니다.

소월이 이룬 문학적 성취에 비하면 나의 지리멸렬한 시 작업은 감히 입에 올리는 것조차 민망한 일이거니와 예의에서도 한참 벗어난 일입니다. 심사위원들이 문학상을 주신 데에는 숨은 뜻이 있다고 여겨집니다. 더 이상 시업에 게을러서는 안 된다는 채찍으로 알고 겸허히 이 상을 받겠습니다.

내가 시단의 말석에 부끄러운 이름을 올리는 데 도움을 주신 몇몇 분들이 계십니다. 마음 안에 담아두고 오래오래 그 고마움 새기겠습니다. 아직 미숙한 저에게 분에 넘치는 상을 안겨

주신 심사위원 선생님들께 감사하고 고맙다는 인사말 올립니다. 끝으로 시 쓴다는 핑계로 경제적 무능을 자기 합리화와 변명으로 일삼아온 나를 측은지심으로 지켜봐준 아내 그리고 그런 무능의 아비에게 크게 내색하지 않고 건강하게 잘 살아주고 있는 아들에게 미안함과 고마움을 함께 전합니다. 감사합니다.

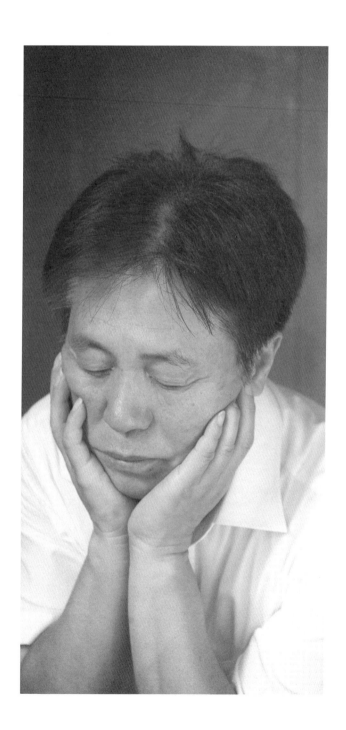

문학적 자서전

이재무

흐르는 강물처럼

불우한 생이 불러들인 미학의 형식

지극히 불행한 시대와 불우한 개인의 전기적 생애가 미학의 형식을 불러들인다고 말한 이는 헝가리 태생의 문예사상가 게오르크 루카치였던가. 나는 이 진술에 기대어, 궁핍하고도 지리멸렬하게 전개시켜온 내 시문학의 기원과 배경과 이력을 감히 다음과 같이 말하고자 한다.

1980년대 중반 내가 시에 입문하고 시를 운명으로 받아들인 것은 문학에 대한 각별한 의지에서 비롯된 것이 아니라 내 개인의 특수한 환경에서 말미암은 것이었다. 요컨대 내가 시를 찾아나선 것이 아니라 어느 날 불쑥, 넝마의 생활 속으로 시가 얼굴을 내밀어왔던 것이다. 이 말을 너무 거창하게 받아들일 필요는 없다. 오해가 없기 바란다. 내가 무슨 시대의 운명을 타고난 시인이었다, 라는 뜻이 절대 아니다. 불행하고 불우한 개인의 특수한 환경이 자연스럽게 시를 불러들였다는 정도로 이해해주길 바란다. 다만 그것(환경과 시의 만남)은 어떤 의지의 작용이라기보다는 우연처럼 이루어졌다는 것. 더러 생활은 소용돌이와 같아서 벗어나려 안간힘을 쓰면 쓸수록 더욱 굴레에 말려들게 된다. 작동 중인 에스컬레이터를 역방향으로 오를 때의 느낌이랄까. 도망쳐온 거리에서 돌아보면 늘 그 자리였다. 그럴 때마다 되돌아보면 그림자처럼 부지런히 뒤따라온 시가 땀에 젖은 채 연민에 가득 찬 얼굴로 나를 물끄러미 응시하고 있었다.

위대한 유산

요즘 들어 부쩍 혼자서 밥을 챙겨먹는 일이 많아졌다. 누구나 경험하는 일이겠지만 혼자서 밥을 먹는 일처럼 쓸쓸한 일도 드물다. 자본주의적 일상은 가축의 생만큼이나 가혹하다. 척박한 생활환경은 가족 구성원 간에도 서로 다른 시간대의 삶을 살 수밖에 없도록 만드는 것이다. 이럴 때 나는 세월의 굴렁쇠를 굴려 유년으로 달려가곤 한다. 이런 나의 복고 취미가 물론 생산적이지 않다는 것을 나는 잘 알고 있다. 그러나 어쩌랴. 그것이 나에게는 현재의 불우를 견디는 약이요, 삶의 동력인 것을.

우선 여름날의 저녁 풍경이 떠오른다. 긴 여름 해가 서산 노송 사이로 길게 꼬리를 끌며 시나브로 사라지면 종잇장처럼 얇은 어둠의 홑이불이 마을을 덮어온다. 논과 밭에서 만 리보다 더 긴 하루를 보내고 돌아오는 어른들은 동네 우물에 들러 등허리 가득 내를 이루었던 땀이 남긴 허연 소금기를 등목으로 씻어내고 바가지 가득 시원한 샘물을 퍼올려 갈증을 달랜다. 그런데 가만히 들여다보면 그 바가지 속 투명한 물속엔 성질 급한 초저녁달이 떠 있다. 벌컥벌컥 달빛을 삼키는 장정의 목울대가 땡볕에 약 오른 가을날의 고추처럼 붉게 꿈틀거린다. 저녁연기가 싸리울 밖으로 이중으로 풀리면 마당엔 둥근 멍석이 펼쳐진다. 모깃불은 맵차게 피어오르고 연애질에 분주한 사흘을 보낸 누렁이도 돌아와 마루 밑 제 집 앞에 꼬리를 말아감고 쭈그려 앉아 있다. 이윽고 저녁 밥상이 펼쳐진다. 둥근 밥상에 차려진 건건이(반찬)라고 해봐야 김치 일색이다. 무김치, 파김치, 배추김치 등속. 그런데 오늘은 특별한 메뉴가 눈을 확 잡아끈다. 다름 아닌 민물새우 된장국이다. 이것은 내가 오늘 낮에 방죽에서 소쿠리로 건져올린 것들이다.

방과 후 또래 악동들과 함께 방죽에서 미역을 감는 것은 여름날 빼놓을 수 없는 일과이다. 그냥 집으로 오기가 송구스러운 우리들은 집에서 가져온 소쿠리에 된장주머니를 달아놓고 바닥에 돌을 매단 후 갈참나무 가지를 꺾어 소쿠리 주둥이에 얼키설키 덮은 다음 저수지 가생이(끝)에 던져놓는다. 한 식경쯤 기다려 건져올리면 된장주머니 둘레에 새까맣게 새우들이 몰려 있는 것이다. 주전자에 그놈들을 담고 집으로 돌아오다가 남의 집 담장에 가까스로 기어올라 더운 숨을 몰아쉬는 앳된 애호박의 꼭지를 비틀어 슬쩍 소쿠리에 담는다. 사립으로 들어서면 뜰방에 서서 몸뻬에 묻은 흙먼지를 털고 계시는 엄니가 눈을 부라리며 지청구 한마디를 걸게 내뱉으신다. "저런, 싸가지를 봤나. 남의 농사거리를 훔쳐오면 워떡한다냐, 워떡하길. 싹수 노란 것이 애시당초 큰일하긴 글렀다. 츳츳츳!" 하시면서도 표정은 켜놓은 박속처럼 환하다. 소년은 눈치가 빠르다. 도적질은 다음 날도 그다음 날도 계속된다.

그런 우여곡절을 겪고 올라온 수확물은 저녁 특찬이 되어 밥상의 정중앙을 차지하고 앉아 있다. 된장 밝히다 죽은 새우들을 된장에 넣고 끓인 새우 된장국은 먹어본 사람만이 아는 별미 중의 별미다. 둥근 밥상을 둘러싼 식구들의 말없이 분주한 수저질─ 그 틈을 비집고 논둑을 타고 넘어온 개구리들의 울음소리가 된장국 속에 손을 담근다. 산을 에돌아오는 전라선 상하행 기차 기적 소리도, 태기봉 7부 능선을 헉헉, 땀 흘리며 기어오르던 초승달과 개밥바라기별도 김칫국물에 손을 뻗어온다. 대나무 숲 소속 밤무대 가수인 밤새 울음도 무김치에 혀를 대오고 반쯤 무너진 돌담을 쓰러뜨리며 떼 지어 달려나오는 텃밭 클럽 풀벌레 아이돌 가수들도 냉수 사발에 가득 떠 있다. 작은 시골 마을의 초라한 밥상에 전 우주가 동참해온 것이다. 어찌 위대하지 않을 수 있으랴. 우리는 하늘의 별과 달과 숲과 벌판을 반찬으로 먹고 살아온 것이다. 그런 날 저녁을 달게 잡순 할머니의 트림 소리는 십 리 밖 바깥에서도 또렷이 들렸을 게 분명하다.

내게 있어 자연은 생의 아버지요, 비유의 어머니이시다. 비가 많이 온 날 냇가에는 통통 살이 오른 물이 흐벅지게 흐르고 있다. 누가 일러준 것도 아닌데 우리는 소쿠리를 들고 나와 냇가로 달려나간다. 냇가 한쪽에 소쿠리를 세워놓으면 흐르는 물을 역류하여 오는 송사리 떼가 조심성 없이 달려든다.

어릴 적 우리는 무덤과 매우 친연했다. 무덤을 놀이마당 삼아 뒹굴고 껴안고 마구 구르고 했던 추억은 떠올릴 때마다 이제 막 시월 햇살이 다녀간 과일처럼 싱그럽기만 하다. 아이들은 죽음과 삶을 분별하지 않는다. 삶과 죽음이 어깨동무하고 또 한 몸으로 껴안고 있는 것— 이것이 자연이다. 아이들은 자연의 본성에 가깝다. 문명 이전의 신화적 존재들이다. 그러나 이런 아이들이 신발의 문수를 더 이상 바꾸지 않아도 되는 나이에 이르면 점차 분별력이 생겨나고 본래 하나였던 것들을 나누어 사고하도록 길들여진다. 단순한 놀이 공간이 경계하는 공간으로 바뀌는 것이다.

겨울날의 저녁 풍경이 떠오른다. 자치기나 집 뺏기 놀이, 땅뺏기 놀이에 열중하다 보면 하루해는 노루 꼬리처럼 짧기만 하다. 불시에 찾아온 어둠 앞에서 먼 곳의 사물들이 평형을 잃고 기우뚱 넘어지고 있다. 솔가지를 땐 집집의 굴뚝엔 동아줄 같은 연기가 매서운 기운으로 솟아오르다 이내 숨을 죽이고 풀이

꺾여 새끼줄보다 더 가늘어진다. 그런데 그 저녁연기들은 왜 한사코 저 살던 산속으로만 구렁이 되어 기어드는 것인가.

예나 지금이나 밥이란 얼마나 거룩하고 엄숙한 것인가. 얼마 후 오래된 약속처럼 사립에 나와 자식들 성명을 호명해대는 어머니들의 걸걸한 목청들이 들판을 가득 메운다. 우리는 힘들게 뺏은 땅을 잽싸게 지우고 강의 상류가 되어 급한 숨 몰아쉬며 힘껏 집으로 달려간다. 그렇게 겨울의 긴 밤은 열리는 것이다.

생의 변방에서

초등학교 동창회가 있다 해서 모임에 참석했다. 나이가 중년에 들어서자 그간 소식이 두절되었던 친구들로부터 간간이 안부를 묻는 전화가 걸려오더니 마침내 동창회 모임 일정이 박힌 안내장이 날아들기 시작했다. 우선 반가웠다. 그리고 궁금했다. 코흘리개 녀석들이 성장해 이제 어엿한 중년의 찌든 몰골을 하고 있을 것을 떠올리고 있자니 웃음이 절로 나왔다. 그래서 당일 열 일 제치고 모임에 참석했던 것이다.

만나자마자 녀석들은 인사로 욕설부터 안겼다. 호들갑이 여간 유난스러운 게 아니었다. 성토가 쏟아지기 시작했다. 어쩌자고 그간 소식이 감감무소식이었느냐는 항변이었다. 변명의 여지가 없었다. 격세지감이란 말이 실감으로 다가왔다. 시간처럼 무섭고 정직한 것이 어디 있으랴. 무자비한 세월이 다녀간 흔적들이 마치 썰물 뒤의 개펄처럼 얼굴에 고스란히 남아 있는 녀석들을 대하자니 만감이 교차했다. 급하게 술잔을 엎으며 우리는 흉허물 없이 어제의 철부지로 돌아가 마냥 즐거웠다.

내가 태어나 자란 곳은 읍내에서 이십 리 상거한 면 단위의 아주 조그만 산촌 마을이다. 충남 부여군 석성면 현내리 396번지(故 정한모 선생의 고향과 한마을). 이 마을에서 나는 아버지 함평 이씨 이관범(李官範)과 어머니 순흥 안씨 안종금(安鍾金) 사이에서 육 남매의 장남으로 태어났다. 마을에서 남쪽으로 이십여 리를 가면 금강 하류인 강경이 나오고 동남쪽으로 이십여 리를 가면 논산이 나오고 북동쪽으로 이십여 리를 가면 부여 읍내가 나온다. 삼면이 산으로 둘러싸여 있고 윗말에서 아랫말로 정중앙을 가로지르며 시냇물이 흐르는(윗말의 저수지가 발원지이다) 마을에서 나는 두 벌 옷만으로 네 계절의 변덕이 심한 날씨를 보내곤 했다. 작은 마을에도 어김없이 계절이 찾아와 철마다 옷을 갈아입고 온갖 사람살이의 풍상과 환희가 찾아와 생에 문양을 수놓고는 하였다.

할머니를 비롯하여 위로 부모님, 아래로 다섯 동생 도합 아홉 식구가 산 밑 움막 같은 집(동네에서 유일하게 빨간 기와집이었다)에서 늦가을의 가랑잎처럼 가랑가랑 앓으며 올망졸망 모여 살았다. 척박한 농지밖에 달리 기댈 데가 없는 인근의 마을 사람들은 호구지책을 위해 바지런히 몸을 부려야 했다. 우리 집은 처음엔 담배 농사를 짓다가 내가 초등학교를 졸업할 무렵엔 양송이 재배를 하여 호구를 마련해갔다. 우리 또래들은 아랫도리를 가릴 때부터 가사에 엄연한 일원으로 참여했다. 꼴 베기, 콩밭 매기는 기본이고 모심는 날 못줄을 잡고, 키에 어울리지 않게 지게를 지고 산으로 가 나무를 해다가 허청에 부려야 했다. 그 당시 우리들은 늘 허기에 시달렸다. 세끼 감자밥만으로는 왕성한 식욕을 달래기가 힘에 부쳤다. 주전부리로 감꽃을 따먹고, 떨어진 땡감을 소금물에 우려먹고, 삘기를 뽑아먹고, 마를 캐먹고, 개구리 뒷다리를 구워먹었다. 오디, 메뚜기, 송홧가루,

멍게, 밀이삭, 보리이삭 등등 눈에 띄는 대로 잡아먹고 훑어먹고 따먹고 캐먹고 뽑아먹었다. 겨울이면 칡을 캐다 먹기도 했는데 주전부리치곤 고급에 속했다.

당시 놀이로는 자치기, 집 뺏기 놀이, 못치기, 딱지치기, 연날리기, 새집 뒤지기 등속이 있었는데 우리는 그 놀이들을 거의 생활로 알았다.

맬더스 인구론으로 볼 때 '항아리' 도표의 한가운데를 차지하는 세대가 바로 우리 58년 개띠 생이다. 그런 만큼 생존을 위한 치열한 경쟁이 그 어느 세대에 비해 우심했던 게 사실이었다. 초등학교 시절 이승복 어린이의 죽음은 우리 또래들에게 '반공'이라는 이데올로기를 세뇌시켰고, "나는 공산당이 싫어요."라는 그의 절규는 반공 웅변대회의 단골 메뉴가 되기도 했다. 그 여파로 동무와 함께 쓰던 책상의 한가운데는 여지없이 분단선이 굵고 선명하게 그어져 있기도 했다. 조개탄 난로에 도시락을 올려놓고 때 이르게 점심시간을 기다렸던 나날들…… 가난 때문에 몰래 교실 문을 빠져나와 수돗물로 배를 채우던 친구들도 여럿 있었다.

당시 학교에서는 미국의 원조 물자로 옥수수 죽과 옥수수 빵이 배급되었는데 가쟁골에 사는 오쟁이라는 친구는 칡뿌리를 캐와, 동무들 몫으로 배급된 죽과 빵으로 맞교환하여 집에 가져가기도 했다. 학교에만 있는 유일한 흑백 티브이에서는 닐 암스트롱의 달 착륙을 알리는 방송이 있었는데 이는 실로 경이 그 자체였다. 우리는 그날 이후 더 이상 달 속의 신화를 믿지 않았다. 레슬링의 영웅 김일의 박치기, 배삼룡의 코미디가 우리들 고달픈 하루를 위무해주던 그 시절 학교에서는 교과 이외의 과제물로 우리를 괴롭혔다. 꼴 베어오기, 송충이 잡아오기, 채

변 봉투, 신작로에 자갈 붓기…… 겨울 폭설이 내리면 눈을 치우면서도 우리는 즐거웠는데 그런 날은 마을 장정들이 산에 올라 덫에 걸린 토끼를 집어오기도 했다. 또 학교에서도 소집이 있었는데 다름 아닌 전교생 동원의 토끼몰이 때문이었다. 그 수확물들은 언제나 선생님들 차지였지만 이의를 다는 아이는 아무도 없었다.

하학 길, 당시에는 마을마다 부락반장이 있어 토요일 반장의 인솔하에 대통령이 직접 작사했다는 〈새마을 노래〉를 부르고 구령에 맞춰 구호도 외치는 진풍경을 연출하기도 했다.

어찌어찌해서 육 년을 마치고 졸업을 하는 날 "빛나는 졸업장을 타신 언니께……"로 시작되는 졸업가를 부를 때는 까닭 없이 눈물이 나서 혼났다.

일명 박지만 세대인 우리는 무시험으로 중학교에 갈 수 있었지만, 그로 인해 선배들의 까닭 없는 경멸과 조소를 감당해야만 했다. 사실 나는 읍내의 전통에 빛나는 학교에 가는 게 소원이었지만, 3개 면을 단위로 세워진 신설 중학교(석성중학교 1회)에 들어가는 것만이 허용이 되어서 여간 속상했던 게 아니었다. 일본식 교복을 단정히 입고 교가를 부르며 〈국민교육헌장〉을 암송해야 했던 그 시절 학교에서 우리는 공부보다 작업에 더 많은 시간을 보내야 했다. 신설 학교는 달랑 건물 두 채만 지어진 상태여서 우리들 어린 일손을 거듭 필요로 했기 때문이었다. 어쩌다, 지금은 이제 장년으로 자라 있는 그 모교를 지날 때 왠지 원인 모를 설움 혹은 은근한 자부 같은 상극의 이중적 감정이 치밀어 오르기도 하는데 당시의 노고가 눈에 밟히기 때문이리라. 등하교 시엔 오른손, 왼손에 번갈아 단어장을 올려놓고 열심히 외웠던 생각도 난다. 우락부락한 영어 선생은 회화

보다 독해를 강조했다. 무엇보다 문법을 강조했다. 그리고 누구보다 무서웠다. 당시 사범학교를 갓 졸업한 여선생 한 분이 우리 동네에서 자취한 적이 있었다. 나는 그 처녀 선생을 남몰래 연모했었다. 다음 해 이민 간 애인을 따라 바다 건너로 그녀가 생의 거처를 옮긴다는 소식을 듣고 나는 우주를 잃은 양 절망했다.

중학교를 졸업한 후 나는 대전의 큰 도시로 나가 학교를 다녔다. 처음 와서 보는 대처는 무엇이나 낯설고 생소했다. 이 두렵고 어려운 미지의 도시가 나를 냉소하는 것만 같아 까닭 없이 두려웠다. 누군가 이런 나를 보았다면 영락없이 그는, 장날 팔리러 나온 수탉을 연상했을 것이다. 한 예로 시골에서는 어쩌다 생각나면 들르는 금남여객의 경우, 우리는 오는 버스를 향해 손만 번쩍 치켜들면 버스를 세울 수 있었는데 대처에서는 이런 원시적인 방법이 전혀 먹혀들지 않았다. 달려가면 달아나고, 달려가면 내빼는 버스가 일부러 나를 골탕 먹이기 위해 그러는 것만 같았다. 아아, 그들과 우리는 전혀 다른 문화권의 주민이었던 것이다.

나의 길고 긴 자취와 하숙 생활은 이렇게 시작되었다. 리어카에 때 묻은 이불과 책 몇 권을 싣고 일 년이면 몇 차례씩 보다 값이 헐한 집을 찾아 모종과 유랑을 거듭했던 날들……

촌놈들은 척 보면 서로를 알아보게 되어 있다. 어딘가 주눅이 든 표정으로 의기소침해 있는 것이 바로 촌놈들인 것이다. 당시 우리들은 밤이면 하숙집을 빠져나와 자주 어울리곤 했는데 어른들 몰래 술을 마시고 더러는 때 이르게 담배를 꼬나물기도 했다. 가난한 집안의 턱없이 높은 기대를 가녀린 어깨에 짊어진 놈들은 지지리도 못나터져서 탈선의 방식으로 자신들의 빈한한 재능의 한계를 망각하려 했던 것이다. 당시 패션은 나팔이었다. 나팔바지를 입고 우리는 틈만 나면 다이아몬드(삼각) 춤을 추곤 했다. 아주 오래전 티브이 개그 프로에서 개그맨 임하룡 씨가 열연했던 '추억의 책가방' 코너는 바로 우리 세대에 대한 풍속도라 해도 과언이 아닐 것이다.

청소년들은 윗세대와 차별화하기 위해 자신들만의 은어며 은밀한 규약 같은 게 있게 마련이다. 당시 우리들은 여자친구를 '깔치', 아버지와 선생님을 '꼰대', 성냥을 '망치', 담배를 '구름과자' 등의 속어로 대신해 불렀다. 그 밖에 우리는 가수 이종용의 〈너〉라든가 이장희의 〈그건 너〉, 산울림 등의 노래를 부르며 입시에 대한 강박을 잊으려 했다.

고교 시절 참으로 징글징글했던 것은 교련이었다. 고교생을 대상으로 당시엔 교련실기대회라는 게 있었다. 그 기간이 돌아오면 학사 일정이 예사로 바뀌곤 했다. 한참 감수성 예민한 여학생들도 예외가 아니었다. 하긴 국기 하강식이 있는 오후 다섯 시면 아무리 바쁜 걸음도 멈춰서서 국기를 향해 경례를 해야 하는 시절이었으니 말해 무엇하랴. 나는 그 교련에 불만이 많았다. 한번은 그 부당함을 참지 못하고 담임인 윤리 선생께 대들었다. 하지만 돌아온 것은 매질이었다. 나는 아이들을 선동했다. 다음 날 과반 이상이 결석하는 사태가 벌어졌다. 선생께서 하숙방을 급습하고 나는 장날 팔려가는 개 꼴이 되어 교무실로 끌려가 견디기 힘든 모욕과 경멸과 매질을 당해야 했다.

일 년이면 서너 번씩 이사를 다니고 있었다. 팔촌이 넘는 먼 아저씨 댁과 외삼촌 댁에 얹혀살기도 했고 친구 집에 쌀말이나 얹어주고 눈칫밥을 먹기도 했다. 내 기억으로 당시 하숙비는 달에 팔천 원이었는데 우리 집 형편에 그 값은 너무 큰 짐이요,

부담이 아닐 수 없었다.

　당시 교복을 입고 학생 입장 불가였던 신성일, 안인숙 주연의 영화 〈별들의 고향〉과 외화 〈콜걸〉 등을 보는 것은 스릴 그 자체였다.

　고교 얄개 시절이 끝나자마자 작부집으로 달려가 연상의 누이들에게 동정을 바쳤던 놈들도 있었다. 재수를 거쳐 대학에 들어갔으나 그렇게 기대했던 낭만은 없었다. 수업 시간보다는 술집에서 보내는 시간이 더 많았다. 장발을 하고 담배를 꼬나 물고 통행금지 시간이 가깝도록 거리를 배회했다. 또 음악다방 구석에 몸을 부리고 앉아 뜻도 모르는 팝송을 들으며 영양가 없는 잡담으로 시간을 죽이기도 했다.

　그 시절 나는 같은 과(국문과) 여학생 C와 사랑에 빠졌다. 그 학생은 나보다 두 살이나 아래였는데 팝송에 일가견이 있어 비록 두 달에 지나지 않았지만 음악다방에서 디제이를 하기도 했다. 한번은 그녀의 생일날 같이 정읍 내장산에 놀러 가기로 했는데 가기 전날 친구들에게 자랑하자 이구동성으로 놈들은 마지막 열차를 놓쳐야 그 사랑이 오래간다는 거였다. 그러나 나는 그들의 권고를 끝내 지켜내지 못했다. 이 핑계 저 핑계를 만들어 마지막 열차를 놓치긴 했는데 그 열차 다음에 새마을호 열차가 있는 줄을 몰랐던 것이다. 당시 내 가난한 호주머니는 새마을호 열차(당시엔 특권 신분만 애용하는 열차였음)를 열차의 범주로 인식하지 못했다. 그러니까 나는 무궁화호 열차의 마지막을 모든 열차의 마지막으로 알았던 것이고, 따라서 그 열차만 놓치면 그만이라는 생각을 가졌던 것이다. 하지만 그녀는 달랐다. 그녀가 생각하는 기차의 범주엔 새마을호가 들어가 있었던 것이다. 이렇게 해서 생전 처음으로 분수에 넘치게 새마을호를 타고 오이 꼭지처럼 쓴 표정을 감춘 채 쓸쓸히 귀가할 수밖에 없었다. 도회지에서 나고 자란 그녀와 나는 이처럼 세상 물정을 대하는 태도가 달랐던 것이다.

부끄럽지만 나는 조국과 민족의 가혹한 운명 때문에 밥을 굶은 적은 없으나 그녀가 주는 실연으로 꼬박 사흘을 내리 굶은 적이 있었다. 그해 시해당한 대통령(1979년) 때문에 휴교령이 내려지고 통행금지도 두 시간이 앞당겨졌다. 교문은 수위 대신 총칼로 무장한 군인들이 지키고 있었다. 나는 예정보다 빨리 군의 부름을 받았다. 망설이던 끝에 그녀를 불러내어 밥과 술을 사주고 화원에 들러 화분을 사서 그녀의 품에 안겨주었다. 음악다방에 들러 최백호의 〈입영전야〉를 청해 듣고 나와 으슥한 골목을 돌아 그녀 집 앞에 있는 어린이 놀이터에 갔다. 놀이터엔 빈 그네가 있었는데 작고 여리게 몸을 흔들어 때마침 내리기 시작한, 자꾸 칭얼대며 달라붙는 눈발을 털어내고 있었다. 나는 그녀가 걸터앉은 그네를 열심히 밀어주었다. 밥사발같이 둥근 그녀의 등이 내 가슴에 부딪쳐오는 동안 나는 질 나쁜 연탄처럼 자주 꺼지곤 하던 우리의 관계를 떠올렸다. 탁구공같이 경쾌한 그녀의 웃음이 차고 단단해진 밤공기를 가르며 개천 바닥에 몸을 문질러댔다. 내 몸속에서 불꽃이 피어올랐다. 자꾸 나쁜 생각이 나서 얼굴에 땀이 솟았다. 눈은 어느새 그쳐 있었고 바람은 제법 사나워졌다. 나는 구두에 달라붙는 흙을 털어내면서 집으로 왔다.

군은 유배지였다. 나는 아직도 군번을 잊지 않고 있다. 13047203이 내 군번이다. 유배지에 갇혀 지내는 동안 그녀에게서 온 몇 번의 편지는 나를 매번 감동시켰다. 면회 온다던 날에 소포로 날아온 동화책, 리처드 바크가 지은 《갈매기의 꿈》은 제대일까지 관물대 안에 놓여 있었다. 그녀는 높이 나는 새가 되어 나를 떠났다. 그날 이후 누군가를 열심히 밀어주는 동안 이 사랑이라고 믿게 되었다.

내가 근무한 군부대는 정동진역에서 산속으로 십 리쯤 떨어진 곳에 위치해 있었다. 정동진역은 드라마 〈모래시계〉의 촬영 장소가 되면서 관광 명소가 되었지만 당시만 해도 아주 조그만 시골 간이역에 불과했다. 밤이면 얼마나 많은 그리움과 기다림을 눈 쌓인 대관령 8부 능선과 지평선 끝으로 사라지는 오징어 잡이배의 칸델라 불빛에 수놓았는지 모른다. 나는 왼쪽 눈이 감기지 않는 장애자이다. 그 때문에 사격에 젬병인 나는 군 생활 내내 고문관이 되어 여간 고생을 한 게 아니었다.

제대 후 복학을 했지만 막막하긴 이전과 다를 바가 없었다. 복학 다음 해 어머니는 마흔여덟을 일기로 돌아가셨다. 그리고 사 년 후 연년생이었던 동생 재식이가 장가도 못 간 채 교통사고로 비명횡사하게 되었고 아들을 가슴에 묻은 아버지 역시도 술로 세월을 사시다가 59세를 일기로 운명하시게 된다.

1980년대는 무크지(부정기 간행물) 시대였다. 대전 충남 지역에서도 문학운동을 표방한 《삶의 문학》이 무크지 형태로 발간되게 되었다. 이 책의 동인들은 대개가 학교 선배들이었다. 이은봉, 김영호, 윤중호, 임우기, 강병철, 전인순, 정영상, 조재도 등등. 나는 이들과 만나면서 본격적으로 시를 공부하게 되었다. 시는 내게 절망과 위안을 동시에 안겨주었다.

나의 이십 대는 무모한 소비였으나 아름다운 열정의 시간이기도 했다. 하지만 나는 이십 대를 인생의 긴 도정을 위한 준비 기간으로 삼지 못했다.

나에게 지난 1980년대는 암흑과 광기의 연대로 기억되고 있다. 이십 대 시퍼런 청춘기를 나는 시대가 주는 억압과 상처 속에서 보내야 했다. 개인적으로도 가난이 주는 지독한 중압감을 견뎌내기가 여간 힘에 부쳤던 게 아니었다. 복학생 신분이었던 대학 3학년 때(1984년) 나는, '오월시' 동인들과 '삶의 문학' 동인들이 의기투합하여 만든 교육 무크지 《민중교육》지에 선배들의 꼬임에 넘어가 〈교사 임용 이대로 좋은가〉라는 현장 르포를 기고하게 되었는데 이게 그만 말썽을 일으키고 말았다. 이 기고문은 사립 중고등학교에 임용되는 교사들에게 재단 측에서 공공연하게 돈을 요구하는 실태를 고발하는 내용을 담고 있었다. 이로 인해 블랙리스트에 올라 교사 자격증을 획득하고도 오랫동안 꿈꿔왔던 교사에 임용될 수 없었다. 당시 《민중교육》지 사건은 신문 1면을 차지하는 톱뉴스로서 여론의 반향이 컸다. 이 사건이 결국 전교조 운동의 발단이 되었다 해도 크게 틀린 말은 아닐 것이다.

졸업 후 취직이 어려워진 나는 한동안 아버지 농사일을 거들며 논산 읍내에서 교사를 하는 선배들을 찾아가 술과 밥을 얻어먹고는 했다. 까닭 없이 적의로 세상을 대했고 이웃의 선의를 곡해했던 시절이었다.

일 년의 세월을 허송한 후 선배 윤중호(작고)의 소개로 서울 역삼동에 위치한 도서출판 어문각에 취직하게 되나(현 출판사 동학사 사장이자 시조시인 유재영 선생이 같은 계열사 《여고시대》 편집부장으로 재직 중이었다. 같은 사무실을 쓰는 관계로 주말 주일을 빼고 늘 볼 수 있었다) 일 년을 채우지 못하고 낙향하여 동가숙서가식의 건달 생활로 아까운 시간만 축내고 있었다.

낙향 후 나는 얼마간 배회와 방황을 일삼다가 청주와 대전 등지에서 고시학원과 입시학원 강사로 전전하게 된다. 그러다가 1987년 자유실천문인협회가 민족문학작가회의(현 한국작가회의)로 확대 재편되면서 월급 받는 상임 간사를 필요로 할 때 그 자리에 추천되어 일하게 되었다. 꼬리가 긴 주소(당시 가난한 사람들은 주소가 길었다)의 상경 생활이 다시 시작된 것이다.

1987년에는 거리로 나갈 일이 자주 생겼다. 유월 항쟁 기간 이었던 것이다. '넥타이 부대'의 시대 현실에 대한 자발적 참여가 이루어졌다. 우여곡절 끝에 문민정부가 수립되었고, 건국 이후 최초로 야권에 의한 정권 교체가 이루어져 희망을 갖기도 했으나 기대가 컸던 만큼 실망도 적지 않았다. 작가회의에서 일 년 일한 후 그곳을 나와 도서출판 청사에서 편집장, 도서출판 정민사에서 편집주간 일을 보다가 나중에는 영등포와 노량진 일대에서 입시학원 강사 노릇을 한 칠 년간 했다. 수시로 울화가 치밀곤 하던 시절이었다.

1989년 봄날 저녁 명동성당에서 전교조 단식농성이 있었다. 작가회의 시 분과에서 그들을 위로하는 시 낭송이 있어 나도 그 자리에 참가하게 되었는데 거기서 만난 아내와 인연이 되어 교제를 하게 되었고 나중에 고은 선생을 주례로 모시고 결혼(1990년 십이월)까지 하게 되었다. 열혈 투사였던 아내는 지금은 전교조와는 아무런 상관없이 신실한 기독교인이 되어 교사 일과 종교 일 외에는 일체 관심을 두지 않고 살아가고 있는 중이다.

나는 역사나 개인의 운명은, 큰 테두리 안에서는 우연에 의해 작동되거나 결정되지만 주어진 우연 안에서의 역사 주체들과 개인들의 의지에 의해 관철된다고 믿는 사람이다.《민중교육》사건이 아니었던들 나는 서울로 상경하지 않았을 것이고 그랬다면 지금의 아내를 만나지 못했을 것이고 더불어 올해 대학 2학년인 아들이 태어나지도 않았을 것이다.

나이 서른여덟에 때늦게 대학원에 진학하여 수료한 후로 지금까지 여러 대학, 대학원 등지에서 시 창작 강의를 하고 있다.

현재 교사를 하는 아내와 나, 아들 이렇게 우리 세 식구는 그럭저럭 아랫돌 빼서 윗돌 괴고 윗돌 빼서 아랫돌 괴는 아슬아슬한 생활을, 그러나 즐겁게 경영하고 있는 중이다. 얼마 전 여의도 생활을 청산하고 마포구 도화동에 새 둥지를 틀게 되었다. 아들이 걸을 때의 뒷모습은 영락없이 제 할아버지를 빼다박았다.

괜찮다 아직은 괜찮다

어머니를 떠올리면 가장 먼저 부지깽이가 떠오른다. 그해 여름 신작로와 들길과 지붕을 지글지글 볶고 달구던 해가 몸을 거둬, 그러느라 저도 어지간히 지쳤는지 숨을 헐떡대며 서산 노송 사이로 시나브로 빠져나가고 있었다. 해가 빠져나간 빈자리로, 낮 동안 골짜기 여기저기에 잠복해 있던 어둠의 분말들이 스멀스멀 기어나와 먹물처럼 번져가고 있었다. 밤의 홑이불이 산날맹이로부터 마을 안쪽으로 내려와 지붕과 굴뚝과 샛둑을 덮어가는 동안 울타리 안에서 빙빙 돌던 가는 연기가 길게 꼬리를 이으며 산속으로 기어들고 기다렸다는 듯 풀벌레의 울음이 새까맣게 몰려와 뜰방과 송판 마루에 가득 쌓여가고 있었다.

뒤꼍 장광 옆에 임시로 걸어놓은 가마솥엔 아홉 식구가 먹어야 할 보리밥이 구수한 내음을 풍기며 익어가고 있었다. 아궁이 밖으로 혀를 날름대며 기어나오는 불의 줄기들을 바라보면서 모자(母子)는 말이 없었다. 늦여름 잡초들의 식욕은 얼마나 무성했던가. 장광 둘레는 어느새 그들의 차지가 되어버렸다.

어머니는 사나운 불길을 달래 가까스로 아궁이 속으로 들여보내는 한편 잡초 뽑는 일에도 열중하셨다. 그리고 한참 후 화염이 드리운 황홀경에 취해 넋이 나가 있던 나를 불러세우고는 너도 내년이면 학교에 가니 이름자 정도는 미리 배워야 하지 않겠느냐며 내 손에 부지깽이를 쥐어주셨다. 어머니가 사금파리로 쓴 글씨를 나는 부지깽이로 따라 쓰고 또 쓰고 하는 동안 집 안팎으로 가득 어둠이 들어차 출렁거렸다.

뭉텅뭉텅 먹성 좋게 어둠을 베어먹던 화력도 기운이 다했는지 이내 시들어져 한 삼태기의 재로 남아갈 즈음, 두런두런 식구들 들어오는 소리가 들리고 담장을 무너뜨릴 듯 자지러지게 개구리 울음이 떼 지어 몰려왔다.

이것이 내가 문자와 만난 최초의 경험이다. 어머니가 쥐어준 부지깽이를 연필 삼고 아궁이 밖으로 날름대는 불의 주둥이가 밝힌 서너 평의 땅바닥을 공책 삼아 나는 한 글자 한 글자 서툴게나마 글자를 익혀나갔던 것이다.

어머니는 간경화가 악화되어 돌아가셨다. 평소 내색을 하지 않으셨던 관계로 식구들 중 누구도 그 병세를 눈치채지 못했다. 어머니를 종산에 묻고 돌아온 그날 흩뿌리던 진눈깨비가 그치고, 희뿌연 달빛이 하얀 문창호지를 뚫고 들어와 얼룩덜룩한 벽면에 알 수 없는 상형문자를 그려내던 삼경, 나는 잠든 식구들 몰래 일어나 방구석 저 홀로 외롭게 틀어박힌 앉은뱅이 밥상 위에 놓인 부의록을 끌어다 빈 페이지를 열고 그 위에 시편을 썼다. 시가 무엇인지 전혀 모르는 상태에서 그냥 그날의 감정의 응어리를 토해내었다. 그렇게 나는 최초의 작품 〈엄니〉라는 시를 쓰게 되었다. 시가 그 어떤 귀띔도 없이 불쑥, 내 몸속으로 찾아왔던 것이다. 내가 쓴 시편들 가운데 마음에 드는 것들은 대개가 이렇듯 나를 찾아온 것들이지 내가 애써 찾아가 만난 것들이 아니다.

내가 생활에 지고 온 날 늦도록 전전반측하며 잠을 이루지 못하면 머리맡으로 어머니가 찾아오셔서 달아오른 이마를 짚고 축 처진 어깨를 두드리신다. '애야 괜찮다, 아직은 괜찮다.' 내 귀만 알아듣는 그 음성의 힘으로 아직 크게 낙담하거나 절망하지 않고 잘 살아가고 있는 중이다.

작품론

시인 이재무의 작품세계

유성호 · 문학평론가, 한양대 교수

'평상'과 '길 위'의 이중주

— 이재무의 근작들

구름과 클라우드

이재무 시의 중심은 단연 경험적 실감을 서정의 구심으로 바꾸어내는 상상의 동력에 있다. 그때그때 다가오는 경험적 구체성과 선명한 기억들 혹은 장면들, 이러한 것이 이재무 시학의 배타적 축이자 수원이다. 그래서 그의 시편들은 의뭉스러움이나 난해성 저편에서 씌어진다. 자신을 향해서나 독자들을 향해서나 그는 일종의 '발견'과 '깨달음'의 순간을 중시하면서 선험적 담론 체계로 시를 몰아가지 않는다. 그의 이러한 일관된 시학에는 비교적 선명한 이항대립이 숨겨져 있는데, 가령 시인은 성장 서사가 고스란히 묻어 있는 '고향'과 그 고향을 떠나 정착하게 된 '타관'을 확연한 대조로 형상화한다. 고향에는 깨끗했던 가난과 그리운 가족들의 기억이 선연하게 울렁댄다. 시인의 존재론적 태반이자 궁극적 회귀처로서 고향 이미지는 순간순간 재생되고 점멸한다. 하지만 객지이자 현재 삶의 보금자리인 도시는 분주하고 피로한 삶이 관류하는 삭막한 생존의 장으로 펼쳐진다. 이러한 대비적 속성은 첫 시집 《섣달 그믐》(청사, 1987) 이후 비교적 투명하고 단호하게 이어져왔다. 아름다운 기억을 가졌던 가난했던 '고향'과 분주하게 떠돌아야 했던 '객지'에서의 삶이 단성적인 비대칭으로 줄곧 나타난 것이다.

하지만 이러한 대립 구도(構圖)는 시간이 지나면서 다른 이항 대립으로 활발하게 무게중심을 옮겨가면서 풍부하고 다양한 형상으로 변형된다. 일단 고향과 객지의 대위항은 낭만적 충동으로서의 몽상과 생의 구심을 강화하는 현실 감각의 대위항으로 파생되고 전이된다. 말하자면 몽상과 현실의 긴장과 충돌 속에서 이재무 시학이 펼쳐지는 것이다. 같은 제목을 단 다음 시편들이 한 시기에 씌어졌으니, 이재무 시인이 노래하는 몽상과 현실, 유목과 착근, 원심과 구심의 항상적 긴장을 우리로서는 한껏 느끼게 된다. 먼저 '구름'을 보자.

구름으로 잠옷이나 한 벌 해입고

집에서 멀리 떨어진 나무 밑

이마까지 그늘 끌어다 덮고

잠이나 잘까 영일 없었던 날들

마음속 심지 싹둑 자르고

생활의 손아귀에서 벗어나

적막의 심해 속 들어앉아

탈골이 될 때까지 실컷 잠이나 잘까

한 잎 이파리로 태어나

천년 바람이나 희롱하며 살까

— 〈구름〉 전문

구름을 잠옷 삼아 잠을 청해보는 것은, 순간의 퇴행을 통해 존재의 연속성을 회복해보려는 낭만적 충동을 변형적으로 드러낸다. "집에서 멀리 떨어진 나무 밑"이나 "적막의 심해"가 모두 생활의 손아귀에서 벗어난 원심의 상상적 거소(居所)일 것이다. 그 순간 나무가 만들어주는 그늘과 적막만이 그의 도반이 된다. "마음속 심지"를 자르고 생활의 뼈까지 헐겁게 되는 '탈골(奪骨)'의 상태까지 상상하면서 시인은 실컷 잠이나 자면서 이파리 하나로 바람과 더불어 살아갈 꿈을 꾼다. 심지를 자르고 뼈마저 물렁한 상태에서의 꿈과 잠에는 '구름'의 유랑성과 유동성 그리고 행운(行雲)의 삶에 대한 시인의 유목적 갈망이 녹아 있다. 이때 구름 이미지는 영일 없던 생활을 떠나 바람과 희롱하는 상상적 자유로움으로 나타난다. 그런데 시인이 노래하는 다른 '구름'은 어떠한가. 우리는 다음 시편을 함께 읽어보아야 한다.

나 한때 구름을 애모한 적이 있지
하늘 정원에서 장엄한 몽상이 감미롭던
황금의 시간대에는 지상의 가난이 슬프지 않았지
나 한때 구름의 신자로 산 적이 있지
신전에 꿇어앉아 세상 주유를 설교하는 구름의 복음 새겨들었지

변신의 귀재인 그녀들을 재빠르게 마름질해

입은 바지로 숨차게 들길 달리던 시절

갑작스럽게 찾아온 열애로 내 몸은 자주 꽃을 피웠지

구름밭엔 얼마나 많은 비밀의 씨들이 살고 있는지

날마다 다른 형상을 꽃피우는 공중을

꿈꾸는 한 마리 새가 되어 자유로이 넘나들었지

그러나 나 이제 구름을 꿈꾸지 않네

이교도처럼 불신하며 구름에 속지 않으려 애쓸 뿐이네

2011년 3월 13일 이후

구름은 내게 저주의 신이 되었네

내 마음속 어머니의 나라에서 평화롭게 뛰놀던 몽상의

아이들 한꺼번에 자취 없이 사라져버렸네

— 〈클라우드〉 전문

    마치 앞 시편을 상호텍스트적으로 인용이나 한 것처럼 시는
"나 한때 구름을 애모한 적이 있지"라고 시작한다. 구름을 잠옷
삼아 적막의 잠으로 빠져들기를 희원했으니 구름을 진하게 애
모했다는 고백이 가능했을 것이다. 그때의 상상적 동선을 시인
은 "장엄한 몽상이 감미롭던/ 황금의 시간대"라고 규정한다. 지
상의 가난도 슬프지 않았고 하늘 정원에서 풍요를 누렸던 그
때, 시인은 '구름의 신자'였고 구름이 전해주는 복음을 들으면
서 신전에 경배를 바쳤다. 그런가 하면 변신의 귀재인 구름을
마름질하여 입은 바지로 숨차게 들길 달리며 사랑으로 꽃을 피
우던 시절, 수많은 비밀의 씨와 날마다 다른 형상을 꽃피우는
공중을 꿈꾸는 새가 되기도 했다. 잠옷이 아니라 반듯하게 마
름질한 바지로 몸을 바꾸었지만 여전히 그는 구름을 입고 구름

을 생각하고 구름을 타고 움직였다. 그 자유로운 넘나듦의 몽상이 이재무 시편의 한 축에 완강한 지속성으로 숨 쉬고 있었던 것이다. 그런데 시편은 "그러나 나 이제 구름을 꿈꾸지 않네"라는 구절을 통해 두 동강 난다. 시편 후반부에 이르러 신자는 이교도로, 신앙은 불신으로, 경배와 믿음은 속지 않겠다는 의지로 몸을 바꾼 것이다. 그것은 "2011년 3월 13일 이후"인데, 그러니까 이웃 나라 일본을 급습한 쓰나미로 인한 충격이 시인으로 하여금 구름을 통한 낭만적 충동을 거두어들이게 한 것이다. 이제 비를 몰아오는 구름은 저주의 신이 되어 마음속에서 평화롭게 놀던 "몽상의/ 아이들"마저 사라져버리게 하였다. 여기서 우리는 죽음의 검은 구름 이미지로 원전 폭발 사고를 그려낸 〈클라우드〉라는 독일 시네마가 중첩되면서 묵시록적 이미지가 강화되는 순간을 경험하게 된다. 이렇듯 이 시편에는 인간의 탐욕과 파괴의 문제를 비판하는 현실 감각이 우회적으로 녹아 있다고 할 수 있다.

우리는 이 두 편의 '구름' 시편을 통해 이재무 시학의 두 축을 선연하게 들여다볼 수 있다. 그것은 '고향/타관'의 이미지가 파생적으로 변형된 것으로서, '몽상/현실' 혹은 '잠이나 잘까/ 꿈꾸지 않네'의 대위법으로 나아간다. 이 두 시편의 나란한 발표는, 이재무 시인이 어떤 훼손되기 이전의 세계를 꿈꾸는 낭만주의자이자 우리 삶의 구체적 맥락을 비판적으로 사유하는 현실주의자의 외관과 실질을 함께 결속하고 있다는 것을 잘 알려준다. 아니, 어쩌면 그 두 속성 사이에서 길항하는 순간이 각각의 시편으로 발화된 것일지도 모른다. 이렇듯 '잠이나 잘까/ 꿈꾸지 않네'의 길항적 연쇄야말로 이재무 시학이 들려주는 확연한 인식론적 지표가 아닐 수 없을 것이다.

평상과 길 위

그동안 펼쳐진 이재무 시편들은 지난 시간에 대한, 몸과 마음속에 깊이 각인된 풍경에 대한 남다른 기억에 의존해왔다. 이때의 기억은 대부분 아스라한 그리움과 따뜻한 비애에 의해 감싸져 있었다. 물론 여기서 우리가 말하는 기억은, 나날의 일상을 규율하는 합리적 운동 형식이 아니라, 현재 속에 살아 있는 과거의 풍경을 재현해내고 그때의 한순간을 구성해내는 어떤 근원적 힘을 뜻한다. 이처럼 그의 시편들은 근원적 기억의 원리에 의해 충실하게 결속되어 있었고, 이를 통해 자기동일성을 현저하게 취해온 세계였다고 할 수 있다. 그 동일성의 공간이 이번에 '평상'을 통해 집약적으로 나타나고 있다.

     땀내 나는 가장을 벗고
     헐렁한 건달로 갈아입는다

     누워 부르던 노래들은
     하늘로 올라가 별이 되었다
     앉아 듣던 슬픔들은
     기꺼이 생의 거름 되어주었고
     엎드려 읽고 쓰던 말들은
     나무와 꽃이 되었다

     안방에서 엄하시던 아버지도
     더러 농을 거셨고
     부엌에서 근심 잦던 엄니도

활짝 웃곤 하였다

졸음 고인 눈두덩 굴러
머리맡에 낙과처럼 떨어지던
저녁 종소리 우련하다

—〈평상〉 전문

　이 시편에서의 '가장/건달' 역시 이재무 시인의 길항적 태도
를 보여주는 선명한 비유체이다. 가장은 '땀내'로 대표되는 노
동과 살림의 분주함을 입고 있고, '건달'은 헐렁한 휴식과 몽상
으로 시간을 이어간다. 가장에서 순간적으로 벗어나 건달이 되
고자 하는 것은 현재를 벗어나 과거로, 현실을 벗어나 몽상으
로, 클라우드를 잠시 잊고 구름으로 잠입하려는 시인의 낭만적
충동이 반영된 것일 터이다. 그 충동과 감각으로 시인은 평상
에 누워 노래 부르고 평상에 앉아 슬픔을 듣고 평상에 엎드려
말을 읽고 썼던 것이다. 평상에서 부른 노래는 하늘로 올라가
별이 되었고, 거기서 듣던 슬픔은 생의 거름이 되었고, 말들은
나무와 꽃으로 다가왔다. 모두 심미적 비애와 생활의 환경이
되어준 것이다. 이러한 눅눅한 성장 서사 이면에 오래전 기억
속의 아버지와 어머니가 '안방/부엌', '엄/농', '근심/웃음' 대
위항으로 각인되어 있다. 그렇게 "졸음 고인 눈두덩 굴러/ 머리
맡에 낙과처럼 떨어지던/ 저녁 종소리"가 우련하게 번져가던
평상이 바로 시인의 삶이 발원하여 동일성을 형성해준 곳인 셈
이다. 이렇듯 '평상'은 시인의 성장 서사를 가능하게 했던 은유
적 상관물로 아름답게 그려졌다. 그런데 이러한 안온한 기억에
서 내몰려 시인은 이제 가파른 '길 위'로 나아간다. 이때 시인

이 구성하는 '평상/길 위'의 대립 구도는, 앞에서 본 '과거(고향)/현재(타관)', '몽상/현실' 처럼, 이재무 시학의 길항적 두 기둥을 다시 한 번 이루어낸다.

사발에 담긴 둥글고 따뜻한 밥 아니라

비닐 속에 든 각진 찬밥이다

둘러앉아 도란도란 함께 먹는 밥 아니라

가축이 사료를 삼키듯

선 채로 혼자서 허겁지겁 먹는 밥이다

고수레도 아닌데 길 위에 밥알 흘리기도 하며 먹는 밥이다

반찬 없이 국물 없이 목메게 먹는 밥이다

울컥, 몸 안쪽에서 비릿한 설움 치밀어 올라오는 밥이다

피가 도는 밥이 아니라 으스스, 몸에 한기가 드는 밥이다

―〈길 위의 식사〉 전문

이재무 시인은 일찍이 《위대한 식사》(세계사, 2002)를 통해 과거적이며, 농경적이며, 훼손 이전의 공동체적 풍경을 아름답게 완성한 바 있다. 표제 시편에서 보여준 자연 사물을 배경으로

함께 가족들이 식사하는 풍경은, 시인의 시학적 정수를 강렬한 기억으로 붙잡아주었다. "마당가 매캐한 모깃불 피어오르는/ 다 늦은 저녁 멍석 위 둥근 밥상"에서 먹었던 "그날의 위대했던 반찬들"은 시인이 지향해온 동일성을 은유적 등가로 보여준 것이다. 그런데 이번에 노래하는 '길 위의 식사'는 전혀 그 온도가 다르다.

평상에서 먹던 "사발에 담긴 둥글고 따뜻한 밥"이 아니라 "비닐 속에 든 각진 찬밥"이 말하자면 길 위의 음식이다. 역시 '사발/비닐', '둥긂/각', '따뜻함/차가움'의 대위가 느린히 펼쳐진다. 그리고 평상에서의 기억이 둘러앉아 도란도란 함께 먹는 밥이었다면, 길 위의 식사는 선 채로 혼자서 허겁지겁 먹는 밥이다. '둘러앉아/선 채로', '함께/혼자서', '도란도란/허겁지겁'이 차차 '인간/짐승', '밥/사료'의 대위로 확장되어간다. 길 위에 서서 밥알 흘리며 반찬도 국물도 없이 먹는 메마르고 가파른 밥, 그것은 비릿한 설움과 한기를 동시에 준다. 몸에 피가 돌게 하는 밥이 아니라 오히려 으슬으슬한 한기만 주는 설움과 남루의 밥일 뿐이다. 시인이 한 산문(《세상에서 제일 맛있는 밥》,《세상에서 제일 맛있는 밥》, 화남, 2010)에서 깨달아 알게 된 "밥은 하늘이다."라는 전언에 비추어보면, 이 '길 위의 식사'는 사람들이 치르는 위대한 식사(食事)가 아니라 삶을 피동적으로 이어가는 건조한 식사(式事)일 뿐이다. 이처럼 밥 이미지로 삶을 형상화한 것은 "때 묻지 않은 밥을 먹기 위해서 비록 승복을 입지 않았다 해도 우리는 나날의 수행에 게으르지 않아야 할 것이다. 밥상을 대할 때 잠시잠깐만이라도 내 앞에 놓인 밥이 어떤 경로를 걸어온 밥인가를 떠올리고 나서 밥숟갈을 들어보는 것은 어떨지"(《세상에서 제일 맛있는 밥》)라면서 밥을 중시했던 그로서는 가장 알맞은 은유적 채택이 아니었을까 한다. 그는 그렇게 "깨끗한 가난이 글썽이던 젊은 날"(《매미 울음소리》)을 마음속 깊은 곳에 간직하면서 평상에서 바라본 "아궁이의 깨끗한 식욕"(《숫겨울》)을 기억해낸다. 그러다가 길 위로 내몰리며 동일성은 균열한다. 결국 '평상'은 존재론적 평지요, '길 위'는 가파른 타자성의 장소였던 셈이다.

시를 쓰고, 시를 살다

우리가 한 편의 시를 쓰고 읽는 것은, 우주나 역사에 참여하는 크나큰 일이기도 하겠지만, 자신의 기억에 새로운 윤기를 부여하는 존재론적 신생의 작업이 되는 경우가 훨씬 더 많다. 물론 이러한 작업은, 우리 삶의 관성에 인지적이고 정서적인 충격을 순간적으로 가함으로써 반성적 시선을 마련해준다는 데 그 의미가 있다. 이것이 잘 씌어진 시의 보편적이고 절실한 존재 의의일 것이다. 이재무 시편의 세목은 이러한 충격에 충실하게 바쳐진 결실들이다. 과연 그에게 '시'란 무엇일까.

늦은 밤 어깃장 놓는 불면

어르고 달래 가까스로 잠드는데

모기 한 마리

얼굴 언저리에 와서 귀찮게 군다

극소량의 피로 연명하는 날것들

매순간 목숨 걸어 남기는

잠시잠깐의 가려움으로

겨우겨우 존재를 증명하는 날것들

— 〈시(詩)〉 전문

　늦은 밤 불면을 피해 겨우 잠이 든 순간은, 아마도 '구름'을 잠옷 삼아 빠져든 잠이나 평상에서 도란도란하던 기억에 유비될 수 있을 것이다. 그리고 바로 그 순간 나타난 모기 한 마리가 귀찮게 굴며 "극소량의 피"로 연명하는 모습은, 클라우드의 가혹함과 길 위의 가파름을 내장한 생의 형식을 그대로 보여주는 것일 터이다. 그렇게 매순간 목숨 걸면서 "겨우겨우 존재를 증명하는 날것들"이 바로 이재무 시인이 보여주는 '시(詩)'의 은유다. 그 안에는 극소량의 피와 잠시의 가려움으로 삶을 깨어 있게 하는 독성(毒性)이 들어 있다. 그 독성으로 시인은 겨우겨우 '시'를 쓰면서 '구름'과 '클라우드' 사이를, '평상'과 '길위'의 행간을 걷고 있는 것이다. 그것이 시인 이재무가 줄곧 택하는 반성과 신생의 감각일 것이다. 시인은 언젠가 "무언가에 쫓겨 늘 바지런히 앞만 보고 걷다가 무심코 뒤돌아보면 거기시(詩)가 땀에 젖은 얼굴로 나를 바라보는 일이 많았다. 그 시(詩)가 안쓰러워 떨쳐내지 못하고 조강지처인 양 여직 품어 다니고 있다."(《경쾌한 유랑》, 문학과지성사, 2011)라고 말한 적이 있는데, 이때 땀에 젖은 안쓰러운 얼굴이야말로 겨우겨우 '시'를 통해 존재를 증명해가는 스스로의 자화상이 아닐 것인가. 그렇게 그는 시를 쓰고, 시를 산다. 그 조강지처와 함께 경쾌하고도 쓸쓸하고도 아름다운 길 위를 걸어갈 것이다.

끝으로 이번 소월시문학상 수상작을 일별하면서 소월(素月) 시를 생각해본다. 이제 이재무와 소월의 인연이 아름답게 이루어졌고, 시인 스스로 "인연이란 관계의 숙성"(《연(鳶)》)이라고도 했으니, 아마 소월과 그의 인연도 오래전부터 있어왔을 것이다. 그것은 그들 시편의 오랜 근친성에 찾아진다. 잘 알려져 있듯이, 소월은 시작 생애 십 년여 동안 모두 270여 편의 시를 남겼다. 그 안에는 부재하는 타자에 대한 상실감과 그리움의 모티프가 짙게 담겨 있다. 그 상실감과 그리움은 과거 지향의 시간 구조를 불러와 그로 하여금 이른바 '정한(情恨)'의 시인이 되게 하였다. 하지만 '정한'이라고 뭉뚱그려져 해석되어왔던 그의 상실감과 그리움은 그의 남다른 현실 감각과 함께 펼쳐진 것이다. 여기에서 바로 이재무와 소월의 시적 상동성이 반갑게 만져진다. 상실감과 그리움을 한 축으로 두고, 현실 감각을 다른 한 축에 두면서 그것을 길항적으로 결속하는 것, 그들이 오랜 시간을 격(隔)하면서도 함께 한국 서정시의 주조(主潮)를 각인한 방법론적 상사성(相似性)일 것이다. '평상/길 위'의 이중주로 씌어진, 정직하고 진솔한 자기표현을 통한 이재무 시학의 중요한 결절(結節)을 바라보면서, 우리가 각별한 축하와 격려를 보내는 소이연이다.

작가론

시인 이재무를 말한다

김선태 · 시인, 목포대 교수

뜨거운 유목의 피를 간직한 시인

1

이재무 시인과 내가 공식적으로 인연을 맺은 것은 2002년 계
간 《시와사람》이 주최한 여름시인학교 때로 기억된다(그러니까
벌써 십 년이라는 세월이 흘렀다). '시인과의 대화'의 시간을 마친
후 뒤풀이에서 우리는 서로의 정서적 동질성(촌놈 정서)에 이끌
려 밤새도록 통음을 했다. 그는 충청도 부여 출생이고, 나는 전
라도 강진 출생이다. 그러나 그의 소탈한 성격과 걸쭉한 입담
은 나보다 오히려 전라도 사람의 그것에 가까웠다. 그의 나이
는 나보다 두 살 위였지만 등단 연도로 보면 한참은 선배 시인
이었다. 그러나 오랜 지기나 된 것처럼 스스럼없이 술잔을 주
고받은 우리는 금방 둘도 없는 형과 아우로 의기투합했다. 시
를 쓰는 도반(道伴)으로서 우리의 만남은 이렇듯 많은 시간과
절차가 필요치 않았다.

그 후부터 우리는 지금껏 만남을 지속해왔다. 같은 시골 태
생이지만, 그는 서울에 살고 나는 목포에 산다. 나는 서울에 살
자신이 없어 변방 목포에 살고, 그는 서울에 살고 싶지 않지만
서울에 산다고 생각한다. 우리는 서로에게 한없이 이끌려 서울
과 목포를 들락거렸다. 워낙 두문불출형인데다 지금도 지하철
을 반대 방향에서 탈 정도로 서울에 자신이 없는 나는 그러나

그를 만나기 위해 종종 상경했고, 황량한 서울 벌판에서 늑대처럼 울부짖으며 살아가는 그는 심신이 지칠 때마다 호남선을 타고 목포로 내려왔다. '술 마시고 싶은 도시' 목포에 살지만 마땅한 술친구가 없어 바다하고나 말을 트고 사는 나는 그가 내려올 때마다 바다를 펼쳐놓고 술잔을 기울였다.

그는 목포뿐만 아니라 내가 태어난 강진도 많이 다녀갔다. 백련사 동백숲이며, 마량포구 등 안 가본 곳이 없을 정도다. 그래서 그가 쓴 목포, 강진 관련 시편이 내가 쓴 그것보다 더 많다. 그는 내려올 때마다 잽싸게 풍경을 훔쳐 시로 쓴다. 〈백련사 동백숲〉, 〈좋겠다, 마량에 가면〉 등도 이에 해당한다. 그는 자신이 태어난 부여보다 내가 사는 목포나 강진을 더 사랑한다. 그래서 "목포나 강진이 진짜 내 고향 같다."는 말을 한 적이 있다. 그만큼 마음이 편하다고 한다. 이렇듯 그는 내가 사는 곳을 완전히 자신의 마음속에 들어앉혔다.

사실 이재무 시인과 나는 여러 가지 면에서 다르다. 그는 활달하고 대범하며 용맹스럽지만 나는 소심하고 내성적이며 신중한 편이다. 게다가 그는 거침없는 달변이지만 나는 말수가 적고 어눌하다. 그는 자기주장이 매우 강하지만 나는 그렇질 못하다. 그럼에도 불구하고 그와 나의 관계가 끈끈하게 유지될 수 있는 것은 시골 태생으로서 정서가 같고, 무엇보다도 의리를 생명처럼 여기는 공통점이 있기 때문이다.

평소 이재무 시인과 나를 가까이 이어주는 끈은 전화다. 우리는 하루가 멀다 하고 통화를 한다. 통화를 하지 않으면 왠지 불안하다. 그의 전화를 받아야만 하루가 제대로 저문다. 그래서 나는 그가 서울이 아닌 목포에 살고 있는 것처럼 착각할 때가 있다. 통화는 그날그날의 안부를 묻거나 서로 힘든 삶을 토로하고 위무하는 경우가 대부분이다. 대체로 전화는 상대적으로 무심한 나보다 그가 먼저 걸어온다. 그래서 그의 한 달 전화료가 자그마치 십오만 원이나 된다. 그는 아우인 내가 먼저 걸어야 할 기회를 잘 주지 않는다. 그만큼 서울에 사는 그가 나보다 더 외롭다는 증거이다. 요즘 들어 그는 문단 관련 모임에 거의 나가지 않는다고 한다. 그냥 조용히 사는 것이 편하다고 한다. 스스로 외로움을 받아들이려는 각오다. 부산했던 지난 시간을 가라앉히려는 자세다. 나는 아우로서 형의 그런 자세가 매우 바람직하고도 다행스럽다고 생각한다. 그렇게 마음을 비우니 이번 소월시문학상 수상 같은 좋은 소식도 들려오는 게 아닐까 생각한다. 나는 그가 사방이 두루 막힌 방에서 유일하게 내게 마음의 문을 열어놓고 있다고 생각한다. 그렇게 소통하며 십 년의 세월이 흐르다 보니 우리는 서로의 마음을 속속들이 들여다볼 수 있는 사이가 되었다.

2

이재무는 "뜨거운 유목의 피"(〈민박〉, 제7시집 《푸른 고집》)를 간직한 시인이다. 그의 산문집 《생의 변방에서》(2003)를 읽어보면 얼마나 오랫동안 그가 일정한 직업도 없이 고단한 유랑의 시간을 살아왔는지를 잘 알 수 있다. 천형 같은 가난을 탈피하기 위해 정든 고향 부여를 등지고 상경할 때까지 무려 열 번이나 이사를 다녀야 했으며, 서울 입성 이십육 년째를 맞고 있는 지금도 오로지 살아남기 위하여 "굴속 웅크린 짐승"(제5시집 《시간의 그물》)의 시간을 견디고 있는 것이 그것이다. 이 과정에서 그는 수많은 좌절과 상처의 옷을 입는다.

생활의 터전을 옮겨 다닌 일 못지않게 그의 시적 이력도 다

사다난했던 것 같다. 주지하다시피 그가 시단 활동을 시작한 1980년대 초반은 민주화 열기로 뜨거웠던 시기였다. 그는 농부의 자식답게 고향과 민중의 삶을 대변하는 시를 문학의 출발점으로 삼고, 자유실천문인협회 일에 관여하는 등 소위 '좌파' 문인의 전력을 갖고 있다. 그러나 1980년대 말에 이르러 좌파 문인들이 구심점과 방향성을 잃고 좌절하거나 흩어질 때 이재무는 끝까지 자신의 시적 중심을 잃지 않고 살아남은 몇 안 되는 시인 중의 한 사람이다.

이렇듯 정처 없는 유목의 삶을 살아왔음에도 불구하고 그는 등단 이후 삼십 년 동안 무려 아홉 권의 시집을 펴냈다. 가히 다산성의 시인이라 할 만하다. 하지만 이는 그가 얼마나 시에 대한 열정과 허기가 많은 시인인가를 반영하는 증거이기도 하다. 그의 시 세계는 대체로 시골과 도시라는 정서적 공간을 기점으로 양분된다. 시적 변모 또한 그렇다고 할 수 있다. 첫 시집《섣달 그믐》(1987)을 비롯,《온다던 사람 오지 않고》(1990),《벌초》(1992) 등이 주로 유년의 기억과 피폐한 고향의 삶을 그리고 있다면, 서울 생활의 굴욕과 상처를 드러낸 네 번째 시집《몸에 피는 꽃》(1996)부터 다섯 번째 시집《시간의 그물》(1997), 여섯 번째 시집《위대한 식사》(2002), 일곱 번째 시집《푸른 고집》(2004)까지는 생태적 사유를 중심으로 시 세계가 새롭게 변모하고 있음을 알 수 있다. 그리고 여덟 번째 시집《저녁 6시》(2007), 아홉 번째 시집《경쾌한 유랑》(2011)에 오면 각박한 도시적 일상과 자기 성찰의 사유를 바탕으로 또 한 번 시적 변모를 꾀하고 있음을 본다. 그 외에 산문집《생의 변방에서》(2003)를 비롯한 여러 권의 산문집과 시평집《사람들 사이에 꽃이 핀다면》(2005), 연시집《누군가 나를 울고 있다면》(2007) 등 다수의 저서를 발간하는 등 활발한 문단 활동을 펼쳤다.

이재무 시인은 한남대 국문학과를 나왔다. 이른바 지방대 출신이다. 차라리 대학을 안 나왔으면 모르되 지방대 출신이 대접받기 어려운 것이 우리 문단의 현실이다. 그런 그가 서울에 입성하여 나름대로 문단 활동을 펼쳐나가는 과정에 있어서 얼마나 많은 경계와 시기의 눈초리가 있었을 것인가를 어렵지 않게 짐작할 수 있다. 그럼에도 불구하고 그는 지방대 출신으로서 서울 문단에 적응한 성공적 사례로 꼽힌다. 계간 《시작》과 계간 《내일을 여는 작가》 등의 주간을 맡아 편집을 주도한 것이 그 예이다. 이는 그의 타고난 투지와 타개력이 있었기에 가능한 일이라고 생각한다. 그리하여 난고문학상, 편운문학상, 윤동주 문학 대상과 마침내 이번의 소월시문학상을 받기에 이른 것이다.

이재무 시인은 지금껏 한 번도 일정하고 안정된 직업을 가져본 적이 없다. 그래서 그는 자신을 늘 '비정규직'이라고 칭하기를 마다하지 않는다. 사십 대 이전에는 주로 입시학원 강사로, 사십 대 이후에는 주로 대학 강사를 하며 밥벌이 생활을 전전해왔다. 추계예대, 한남대, 한신대, 청주과학대, 협성대 등 그의 약력 뒤에 즐비하게 달라붙은 대학의 이름들이 이를 증거한다. 그러나 그는 어떻게든 한 달에 이백만 원씩은 꼬박꼬박 벌어 집에 가져다주는 성실하고 책임감 있는 가장이다. 그런 성실성과 강한 생활력이 있었기에 지금껏 그 험난하기 짝이 없는 서울 생활이 가능하지 않았을까 짐작해본다. 나는 문단의 후배이자 아우로서 그의 그런 모습이 진실로 경이롭고 존경스럽다.

3

이재무는 꾸밈이 없는 정직성의 시인이다. 그는 누구를 만나든 처음부터 아예 포커페이스를 하지 않는다. 단도직입이다. 남에게 자신의 속을 훤히 내보인다. 그렇게 자신의 경계를 스스로 무너뜨리며 사람들과 빨리 가까워진다. 단언컨대, 나는 지금껏 그만큼 겉과 속이, 성격과 시가 똑 일치하는 시인을 본 적이 없다. 그에게 있어서 어떤 비밀은 그리 오래가지 못한다. 비밀을 숨기기보다는 그 비밀의 정체를 캐기 위해 정면으로 돌파하기 때문이다. 그의 시는 그 자신의 생활과 체험의 정직한 기록이다. 그 어떤 것도 거짓으로 꾸며 말하지 않는다. 그래서 그는 작위적이고 모호한, 진정성이 없는 시를 좋아하지 않는다. 쓴 사람 자신도 잘 모르는 국적 불명의 난해한 시도 마찬가지다. 따라서 내가 보기에 그는 전형적인 리얼리스트이다. 다시 말하건대, 정직성은 그의 성격과 시의 특징을 가장 잘 대변하는 말이다.

그는 다혈질이다. 불의를 못 참는데다가 마음에 들지 않을 때는 활화산처럼 폭발한다. 게다가 그는 자존심이 매우 강한 사람이다. 허리가 잘 구부러지지 않을뿐더러 한번 아니라고 생각하면 끝까지 밀고 나간다. 한마디로 강성이다. 그 강성 때문에 가끔씩 주변 사람들과 부딪치는 경우가 있다. 그렇다고 타협을 모를 정도로 완고한 사람은 아니다. 상대방의 입장을 배려할 줄 알며 남의 부탁도 곧잘 들어주는 편이다.

그는 막힘이 없이 호쾌한 사람이다. 답답한 경우를 보면 오래 참지 못한다. 그만큼 성격이 급하다. 타고난 달변가인 그는 소탈한 웃음과 걸쭉한 입담으로 좌중을 단박에 사로잡는다. 그런 능청스러우면서도 여유가 작작 흐르는 매력 때문에 그와 함께 있으면 재미가 있다. 특히 그의 강의 솜씨는 일품이다. 시종 웃음이 끊이질 않을 만큼 흥미진진하다. 그리고 그는 무슨 일을 주도해야만 직성이 풀리는 사람이다. 옆에서 거들거나 뒤에서 조용히 따라오는 것은 어울리지 않는다. 조용히 입 다물고 있는 이재무 시인을 상상할 수 없다. 게다가 그는 대단한 추진력의 소유자다. 사람들을 명쾌하게 설득해서 이끌고 가는 강한 리더십과 카리스마를 지녔다. 또한 그는 제대로 공부를 안 했을 뿐 명석한 두뇌를 지녔다.

그는 대인관계에서 호불호가 분명하다. 마음에 든 사람에겐 매우 친밀하게 대하지만, 그렇지 않은 사람은 멀리한다. 한마디로 아무에게나 마음을 주지 않는다. 하지만 한번 마음을 열고 사귀면 아주 오래간다. 친구에 대한 의리를 생명처럼 여긴다. 따라서 그만큼 배신을 당하면 괴로워하는 사람이기도 하다.

이재무 시인의 겉모습은 소탈하고 꾸밈이 없다. 정직성은 겉모습에서조차 그대로다. 비교적 작은 키에 더벅머리를 한 그는 옷차림에 그다지 신경을 쓰지 않는다. 일부러 멋지게 보이려고 비싼 옷을 사입지 않는다. 그냥 있으면 있는 대로 없으면 없는 대로 자유롭게 걸치고 다닌다. 그야말로 남의 눈을 의식하지 않는다. 서울에 살지만 도대체 서울 사람이라는 냄새가 풍기지 않는다. 여전히 충청도 촌놈이라는 사실을 자신 있게 내보인다. 그라고 해서 어찌 꾸밀 줄 모르리오만, 일부러 꾸미고 싶지 않다는 것이 그의 생각인 모양이다. 같은 촌놈인 나는 그런 세련되지 않은 그의 풍모가 자랑스럽고 멋지다고 생각한다.

이재무는 풍류를 즐길 줄 아는 시인이다. 그의 노래 솜씨는 평범하면서도 감칠맛이 있다. 노래방에서 그가 즐겨 부르는 십팔번은 〈여자의 마음〉, 〈흑산도 아가씨〉, 〈충청도 아줌마〉, 〈공항의 이별〉 등이지만, 소위 흘러간 옛 노래는 두루 섭렵하고 있을 정도로 레퍼토리가 다양하다. 그는 그 특유의 구수하고 걸걸한 음색으로 흥겹게 노래를 곧잘 부른다. 그러나 노래 자체를 즐길 뿐 애써 폼을 잡고 잘 부르려고 하진 않는다. 그리고 그는 술을 좋아한다. 그가 살아온 오십오 년의 세월 동안 그와 가장 가까웠던 친구가 술이라 해도 과언이 아닐 만큼 애주가이다. 그러나 근래에 이르러 술이 많이 약해졌다. 조금만 마셔도 목소리가 힘이 없고 혀가 꼬인다. 이 점은 나도 마찬가지다. 어쩔 수 없는 세월 탓이다. 그도 나도 풍류를 접을 것까지야 없지만, 이제 술을 줄일 나이가 되었는데, 몸이 받쳐주질 않는다는 사실을 잘 알고 있는데, 어쩌자고 계속 마셔댄다. 나는 그가 자신의 몸을 학대하는 모습이 가장 염려스럽다.

4

어느덧 지천명의 중반에 접어든 이재무 시인은 아직도 순진무구한 소년이다. 특히 그가 아무 거리낌 없이 천진난만하게 웃고 있는 모습을 보고 있노라면 그런 생각이 자주 든다. 그러나 그 순진무구함 속에는 일찍 부모를 잃고 유목의 생을 살아온 자의 상처와 허기가 깊숙이 도사리고 있다. 그런 의미에서 이재무는 상처의 시인이다. 상처는 "뜨거운 유목의 피"를 간직한 자가 결코 피해갈 수 없는 운명적인 덫과 같다. 상처는 유목의 길목에 매복해 있다가 간단없이 다리를 걸어 넘어뜨린다. 그러므로 좌충우돌하는 유목의 길은 울퉁불퉁하거나 구불구불하다. 타고난 가난과 부랑의 삶 그리고 찬바람 쌩쌩 부는 1980년대의 한복판을 통과해온 이재무 시인의 상처는 이러한 면모를 두루 지니고 있다. 물론 그는 상처를 겉으로 드러내지 않는

다. 유쾌하고 꿋꿋하기 이를 데 없는 그의 겉모습에서 상처의
그늘을 읽기란 쉽지 않다. 그러나 나는 늘 사랑에 굶주려 하는
그의 모습(많은 사람들이 오해하기도 했던)을 통해 상처의 근원을 들
여다본다. 상처는 결코 지워지지 않는다. 지워지지 않고 마음
의 저변에 거름더미처럼 쌓여 곰삭은 다음 형언할 수 없는 제
나름의 향기를 풍긴다. 시간에 발효되어 추억이라는 이름표를
다는 상처는 아름답지만 잔인하다. 그러므로 상처와 허기는 이
재무 시인의 무궁한 시석 사산이다. 나는 그것이 그로 하여금
시를 쓰게 만들었다고 감히 생각한다. "상처 없이 미끈한 나무
가 떨군 열매 믿을 수 없다"(《상처》, 제7시집 《푸른 고집》)는 이재무
의 말에는 진정성이 있다. 나는 그의 연시집 《누군가 나를 울고
있다면》(2007)의 추천사를 통해 이와 관련한 소감을 다음과 같
이 밝힌 바 있다.

이재무는 야생의 습성을 타고난 시인이다. 비록 그의 몸은 문명
과 제도와 관습의 울타리에 갇혀 있지만, 어디까지나 그의 마음은
저 시원의 들판을 마음껏 뛰놀고픈 푸른 고집을 꺾지 않고 있다.
그러므로 문명의 울타리 안에서 그의 사랑은 어쩔 수 없이 죄를
짓는 일과 같다. 게다가 일찍 부모를 잃고 정처 없이 유목의 생을
살아온 그의 가슴 저변에는 사랑에 대한 허기의 구멍이 밑 빠진
독처럼 뻥 뚫려 있다. 그 무엇으로도 채울 수 없는 허기로 인해 그
는 늘 종달새처럼 사랑을 지저귀지만, 사실은 자신의 지독한 외로
움을 울고 있는 것이다. 이재무의 사랑 노래는 타고난 생태적 본
능과 리듬에 충실하다. 그것은 사랑의 아픔으로 인한 깊은 성찰과
강물처럼 잔잔하게 흘러가는 문장을 거느리고 있다는 점에서 여
느 값싼 연애시와는 분명히 구별된다. 이재무 시인으로 하여 우리

는 오랜만에 품격 높은 연애시를 만나는 행복을 누리게 됐다. 지천명의 나이에 이재무만큼 사랑에 목을 매는 이는 흔치 않다. 그런 점에서 그는 숙명적으로 사랑의 허기를 타고난 시인이다. 사랑 앞에서는 어쩔 수 없이 무구해지고 마는 지천명의 철부지 소년이다.

이제 이재무 시인은 이순을 향해 뚜벅뚜벅 발걸음을 옮기고 있다. 물을 들여서 안 보일 뿐 그의 더벅머리엔 어느덧 백설이 난분분하다. 벌써 그는 생의 상당 부분을 소진했다. 살아온 날보다 살아갈 날이 훨씬 적게 남았다. 그러나 나는 아직도 그가 삶과 시에 대한 뜨거운 열정을 품고 있다고 생각한다. 지금껏 누구보다 치열하게 살아온 만큼 앞으로 남은 생에 대한 불꽃을 더욱 뜨겁게 피워올릴 것이라고 확신한다. 그리하여 우리 한국 시단에 커다란 족적을 남긴 영광스런 시인으로 기억되길 아우이자 후배로서 진심으로 바라 마지않는다.

그는 오늘 밤도 내게 전화를 걸어 유쾌하게 웃어젖힐 것이다.

평론

시인 이재무와 그의 시 세계

낯익은 그러나 만난 적이 없는 시인에게
― 이재무의 시 읽기

권영민 · 문학평론가, 단국대 석좌교수

시를 읽는 일은 만남이다. 시인과의 말없는 대화다. 이 만남을 통해 독자로서의 '나'의 생각이 바로 서고 '나'의 말도 튀어나온다. 이재무 시인의 시선집에 해설을 자청한 것이 나다. 나는 시인에게 전화를 걸어 시집 해설을 내가 쓰면 안 되겠느냐고 말했다. 시인들은 동시대의 비평가와 잘 어울린다. 자기 시대의 언어를 놓고 서로 부대끼고 싶은 까닭이다. 그런데 내가 나이 먹어 거기 어울리지 않게 끼어들었으니 아마도 이재무 시인은 당황했을 것이다. 좀 어색했던 말투에서 그런 낌새를 느꼈지만 나는 이 서툰 말 걸기를 그만둘 수 없다. 그것은 내 욕심 때문이 아니라 이재무의 시 때문이다.

1

나는 이재무 시인과 서로 대면한 적이 없다. 시를 통해서만 만났을 뿐이다. 올해 소월시문학상의 수상작이 된 시 〈길 위의 식사〉 등을 보면서 내가 이 시인의 시에 좀 깊이 빠졌다. 이 시인과 좀 더 가까운 대화를 나누고 싶었던 것이다. 그 이유를 밝히면 이렇다. 이재무 시인의 시는 좀 거칠다 싶게 투박하다. 그러나 이 '투박하다'는 말에 이의를 달 독자들이 많을 듯하다.

가령 "하늘을 흔들며 나는 나비 한 마리"(《나비》)라든지 "자지러지는 풀벌레울음의 들것에 실려/ 둥둥, 풀밭을 떠내려간다"(《소리에 업히다》)와 같은 구절에서 보여주는 그 섬세하고도 예리한 감각을 두고 '투박하다'는 말은 어불성설이다. 그럼에도 불구하고 이재무의 어투는 투박하다고 말하는 것이 옳다. 그는 말을 가지고 재주를 부리지 않는다. 말을 가지고 함부로 나대는 법이 없고 말을 가지고 소리 지르는 법도 없다. 그는 말을 가지고 놀지 않는다. 너무도 진솔하여 본바닥이 다 드러날 정도로 그의 언어는 그냥 맨몸이다. 그래서 이 시인의 언어에 투박한 경험의 진실이라는 말을 덧붙일 수가 있다. 그런데 이 투박함의 언어에 깊은 정조(情操)가 묻어난다. 때로는 무겁게 때로는 가볍게, 때로는 어둡게 때로는 환하게, 그리고 때로는 애잔하게…… 내 명치 끝에 아리게 파고드는 이 특이한 느낌을 나는 떨칠 수가 없다. 왜 이럴까? 하면서 나는 이 시인의 시를 읽고 또 읽는다. 그러면서 내가 그냥 넘기지 못한 시 열 편을 놓고 이렇게 말을 걸어본다. 이 작품들만을 놓고 당신과 맞설 수 없나요?

첫 번째의 시는 이렇다.

사발에 담긴 둥글고 따뜻한 밥 아니라

비닐 속에 든 각진 찬밥이다

둘러앉아 도란도란 함께 먹는 밥 아니라

가축이 사료를 삼키듯

선 채로 혼자서 허겁지겁 먹는 밥이다

고수레도 아닌데 길 위에 밥알 흘리기도 하며 먹는 밥이다

반찬 없이 국물 없이 목메게 먹는 밥이다

울컥, 몸 안쪽에서 비릿한 설움 치밀어 올라오는 밥이다

피가 도는 밥이 아니라 으스스, 몸에 한기가 드는 밥이다

— 〈길 위의 식사〉 전문

이 시는 올해 소월시문학상 수상작이다. 이 시에서 쓰고 있는 시적 진술법을 보면, 시적 대상을 전혀 지칭하지 않는다. 모든 문장이 그 주어를 생략당한 채 '밥이다'라는 불완전한 명사 구절에 얽혀 있다. 통사구조 자체는 단순하지만 결코 단조롭지 않은 서술의 반복이 예사롭게 느껴지지 않는다. '밥'이 문제다.

이재무 시인이 자신의 시적 주제로 끌어들인 '밥'은 일상적인 삶의 한 부분이다. 그러나 시인이 그려내고 있는 '길 위의 식사'의 '밥'이라는 것은 거기 알맞은 시간이 제거되어 있다. 시도 때도 없으므로 제대로 된 자리가 마련되지 않는다. '밥상'이 있을 리 없고, 함께 둘러앉을 사람도 없다. '밥'이라는 것에 덧붙여지기 마련인 맛과 향기도 없어진 상태다. 따스한 온기라든지 허기를 채우는 포만이라든지 하는 것도 느낄 수가 없다. 그러니 혼자서 허겁지겁 편의점 구석에 서서 넘기는 '각진 찬밥'이야말로 짐승 같은 '먹이'에 불과하다.

물론 이재무 시인이 이 시에서 노리고 있는 것은 '밥' 자체의

문제만은 아니다. 시인은 거칠게 내닫는 도회의 삶이라는 것이 사람들의 모습을 짐승처럼 만들어버린 것에 환멸을 표한다. 인간이 살아가기 위해 스스로 자기 자신을 향한 기본적인 인간적 '예'를 저버린 것에 대해서도 비애감을 느낀다. 그는 이런 식의 길 위의 삶이 인간 존재의 가치를 규정하는 데에 어떤 의미로 작용하게 될 것인지에 대해서도 의문을 표한다. 무엇보다도 사람과 사람이 서로 보듬고 어울리는 공동체의 삶이 간곳없이 사라진 것에 대해 너무나도 서럽다. 말하자면 이 시는 시인에게 있어서 인간의 자리를 내던진 도회적 일상이라는 것에 대해 고뇌에 찬 자기 성찰의 언어에 다름 아니다. 그러므로 이처럼 시인이 느끼고 있는 삶 자체에 대한 비애의 정서를 감상의 과잉으로 받아들일 수는 없는 일이다.

이재무 시인이 꿈꾸는 '밥'은 호사스럽게 늘어놓은 멋진 식탁은 아니다. 시인은 모두가 더불어 함께하는 삶과 밥과 자유를 꿈꾼다. 그가 지닌 소박한 꿈이 펼쳐지는 모습을 우리는 시 〈멍석〉을 통해 확인할 수 있다.

다음 시를 보자.

몸은 무너졌으나 더운밥에 국물 뜨겁던

여름날 우리들의 저녁 식사여

냉수 사발에 발 담근 밤새 울음과

초저녁 별빛 몇 가닥도 건져올려

겉절이와 함께 밥숟갈에 걸치어주고

트림 한 번으로도 낮 동안의 잘못

용서되던 반찬 없이 배불렀던 저녁 식사여

모깃불 연기 사이로

달 속 계수나무며 은하수 토끼 한 마리

모두 정겹던 아, 옛날이여 흑백영화여

늦은 밤 홀로 먹는 저녁밥에 목이 막힐 때

마음의 허청 속 거미줄에 사지 묶인 채

추억과 함께 돌돌 말려진 너의 몸 꺼내

서울 천지에 펼치고 싶다

우리들의 둥그런 식사를 위해

— 〈멍석〉 전문

이 시에서 '멍석'은 도시 공간에서는 이미 그 용도가 폐기된 것이다. 그러나 이것은 지난 세월 한때 시골집 여름 마당에 깔려 있던 것이다. 식구들 모두 옹기종기 모여 앉아 시절의 고달픔을 서로 의지하던 자리이다. 그 위에서는 비록 가난하여 초라했던 밥상도 배부르고 따습게 먹던 저녁 식사였던 것이다. 그러므로 '멍석'은 자연과 사람이 함께하는 자리다. 그것은 땅위에 깔려 있으되 하늘을 지붕 삼는다. 그리고 그 위에 차려놓은 초라한 식탁마저 배부른 성찬이 된다. 그 자리에 깃든 사랑과 인정이 '멍석'이라는 기표에 상징성을 부여한다. 시인은 자신의 경험 속에서 이미 잊어버렸던 '멍석'을 불러낸다. 그리고 차가운 도시의 시멘트 바닥에 그 '멍석'을 깔고자 한다. 이때 '멍석'은 삶의 소중한 의미를 일깨우는 자리이며, 이웃에 대한 따스한 배려이며, 파괴적인 도회의 비인간적 속성을 덮어버릴 수 있는 사람의 사랑이다.

땀내 나는 가장을 벗고

헐렁한 건달로 갈아입는다

누워 부르던 노래들은

하늘로 올라가 별이 되었다

앉아 듣던 슬픔들은

기꺼이 생의 거름 되어주었고

엎드려 읽고 쓰던 말들은

나무와 꽃이 되었다

안방에서 엄하시던 아버지도

더러 농을 거셨고

부엌에서 근심 잦던 엄니도

활짝 웃곤 하였다

졸음 고인 눈두덩 굴러

머리맡에 낙과처럼 떨어지던

저녁 종소리 우련하다

— 〈평상〉 전문

　시인 이재무가 펼쳐놓은 '멍석'의 둥근 자리와 그 풍성한 의
미는 도시적 삶에서는 생각하기 어려운 또 다른 하나의 상징물
인 '평상'과도 등가를 이룬다. '평상(平床)'은 평상(平常)과 서로
통한다. 그러므로 삶의 현실 속에서 힘들며 찌든 옷들을 벗어
던지고 가볍게 반바지에 셔츠 차림으로 올라앉을 수가 있다.
이 '헐렁한 건달'이야말로 평상에서 즐길 수 있는 여유와 자유
로움을 뜻한다. 그러므로 시인은 삶의 가장 소중한 꿈을 '평상'
위에서 키우고 '평상' 위에서 자연과 하나가 된다. "누워 부르

던 노래들은/ 하늘로 올라가 별이 되었다/ 앉아 듣던 슬픔들은/ 기꺼이 생의 거름 되어주었고/ 엎드려 읽고 쓰던 말들은/ 나무와 꽃이 되었다" 이재무의 상상력이 아니고서는 도저히 도달할 수 없는 높이를 '평상'에서 발견한다. 이재무의 경험이 아니고서는 누구도 흉내 낼 수 없는 아득하고 깊고 폭이 넓은 자리를 이 '평상'에서 찾을 수 있다. 인간의 삶과 그 역사, 기쁨과 슬픔, 꿈과 노래가 이렇게 오롯하게 펼쳐지는 자리를 누가 어디서 찾아낸 적이 있는가?

2

이재무의 시가 그려내고 있는 시적 공간에는 일상 그 자체가 하나의 주제로 자리 잡는다. 일상은 늘 되풀이되는 삶을 말해 준다. 일상은 모든 것이 반복되지만 어느 것도 결코 되돌릴 수 없다. 그러므로 일상의 한복판에 서 있는 시인은 시적 자아에 대한 자기반성에도 불구하고 그저 일상을 떠돌 뿐이다. 가령 다음과 같은 시를 보면 자기 생에 대한 시인의 태도를 읽을 수 있다.

내 생은 민박이었다
뜨내기 생들이 잠시 유숙하는 곳,
정(情)은 넝마와도 같은 것
미련이며 집착은 땀 흘린 등에
달라붙는 넌닝구처럼 갈 길에 불편할 뿐이다
사방 벽면에 누군가 남긴 얼룩과 낙서
읽으며 짐을 풀고 묶었다
새로운 풍경은 낯이 익기도 전에 진부해졌다

사연이 많은 여인과의 사랑은 아프고

절실했으나 맥주거품처럼 곧 시들해졌다

세상은 가도, 가도 바가지요금이더라

외상은 허용되지 않고, 집요하게 주소지를

따라다니는 고지서들,

투명한 피부를 가진 생의 장기투숙자들이

나는 부러웠다 마음이 정주할 집 한 채

평생 나는 짓지 못할 것이다

뜨거운 유목의 피, 불안한 영혼

인상적인 마을에서 나는 기록에 대한 강렬한

충동에 시달렸으나 이내

생각을 지워버렸다 마음의 골방에

알량한 허세와 자존의 족보책 한 권

구겨놓고 오늘도 몸이 쉴 곳을 찾아 떠돈다

— 〈민박〉 전문

   시인이 그려내고 있는 삶의 모습은 '민박'이라는 시어 속에
다의적으로 얽혀 있다. 삶이라는 이름으로 요구되고 있는 갖가
지 굴레가 집요하게도 시인의 자유로운 정신을 옥죈다. 때로는
물질적인 것으로 인하여 때로는 서로 다른 가치로 인하여 시인
은 늘 내몰리고 쫓긴다. 그러나 어느 것도 피해나갈 가능성은
적어 보인다. 하지만 시인은 어떤 식으로든지 자기 삶을 꾸려
나가야만 한다. 이 삶의 정처 없음을 시인은 '민박'이라고 규정
한다. 그러므로 '민박'은 거칠고 두서없는 삶을 상징한다. 거기
에는 뿌리가 없고 그러므로 삶의 근본이 결여되어 있다. 오직
곤비한 삶의 자취만이 어지럽게 널려 있다.

앞서 읽은 시 〈민박〉의 경우와 함께 읽어야만 그 서정의 깊이
를 이해할 수 있는 작품이 바로 〈신발을 잃다〉이다. 이 시에서
그려내고 있는 시적 정황은 누구나 한두 번쯤 당해본 적이 있
는 일상의 자잘한 삶의 풍경 가운데 하나이다.

소음 자욱한 술집에서 먹고 마시고
웃고 떠들고 한참을 즐기다 나오니
아직 길도 들지 않은 새 신 종적이 없다
구멍난 양심에게 온갖 악담을 퍼붓다가
혈색 좋은 주인 허허허 웃으며 건네는
다 해진 신 신고 문밖으로 나오는 길
기다리고 있었다는 듯 찬바람,
바람에게도 화풀이를 하며 걷는데
문수 맞아 만만한 신
거짓말처럼 발에 가볍다
투덜대는 마음 읽어내고는 발이 시키는 대로
다소곳한 게 여간 신통하지 않다
그래, 생이란 본래
잠시 빌려쓰다 제자리에 놓고 가는 것
발과 신이 따로 놀다가
서로를 맞추고서야 신발이 되듯
불운도 마음 맞추면 때로 가벼워진다
나는 새로워진 헌 신발로 스스로의 다짐
때마침 내리기 시작한 눈에 도장 꾹꾹 찍으며
대취했으나 반듯하게 집으로 간다

— 〈신발을 잃다〉 전문

술집에서 떠들썩한 자리에 앉아 취흥을 이기지 못하다가 주석을 파하고 밖에 나와보니 누군가 자신의 신발을 신고 가버렸다. 술손님 중에 누군가 취기에 그만 남의 신발을 꿰고 그냥 가버린 것이다. 참으로 낭패스런 경험이다. 어떤 놈이 남의 신발 신고 가버렸느냐고 한바탕 큰 소리를 친다 해도 아무 소용이 없는 일이다. 술집 주인에게 야단을 치니 그가 다 해진 신발 하나를 내놓는다. 재수 없는 날이라고 혼자 푸념하면서 헌 신발 얻어 신고 술집을 나서지 않을 수 없다. 이 시가 포착하고 있는 것이 바로 이 장면이다. 물론 시인은 여기서 끝내지 않는다. 누군가 신고 다니다가 술집에 벗어놓고 가버린 그 낡은 신발이 용케도 발에 맞아 걸음이 편하다. "문수 맞아 만만한 신/ 거짓말처럼 발에 가볍다/ 투덜대는 마음 읽어내고는 발이 시키는 대로/ 다소곳한 게 여간 신통하지 않다" 시인은 자신의 발이 편하고 걸음걸이가 가벼운 것을 느끼는 순간 새로운 발견에 이른다. 그것을 달리 삶에 대한 새로운 인식이라고 해도 좋다.

　그런데 이런 방식으로 이 시를 읽어도 좋지만 시적 의미의 깊이에 도달하기 위해 시인이 이 시에서 주력하고 있는 특이한 시법에 주목할 필요가 있다. 이 시는 시상의 극적인 반전과 그 전개 과정을 형상화하기 위해 시적 공간과 그 대비적인 구성에 관심을 집중한다. 시상의 발단 부분은 시끄러운 술집의 풍경을 그린다. 술꾼들이 모여들어 모두가 거나하게 취하고 그 취흥으로 모두가 들떠서 서로 떠들어댄다. 이 소란스런 공간이 시적 진술의 출발점이다. 시끄럽고 혼란스럽지만 술자리에서는 모두가 주인공들이다. 이 모듬의 공간에서 사람들은 찌든 일상을 벗어던지고 힘든 세상살이를 잊고자 한다. 자기를 잊어버리고 삶의 고뇌도 감흥도 오욕도 모두 벗어던진다.

하지만 이 시는 술집 안에서의 취흥의 상태를 시적 출발점으로 삼고 있으면서도 오히려 그 취흥으로부터 깨어나는 각성의 단계를 정감 있는 시의 주제로 포착한다. 그 첫 단계는 술집의 소란스러운 공간을 벗어나는 순간이다. 시적 화자가 술집에서 나와보니 자신의 신발이 없다. 누군가 자신의 새 신발을 신고 가버린 것이다. 물론 남의 새 신발을 노리고 신발 바꿔치기를 했을 리는 없다. 술집에서는 흔하게 벌어지는 일이고, 대개는 술꾼들이 술기운에 취해 이런 행태를 벌인다. 신발이 없어졌다고 혼자 큰 소리를 쳐보지만 소용없는 일이다. 술집 주인은 취한 손님을 달래면서 누군가 남겨두고 간 헌 신발 하나를 대신 내준다. 시적 화자는 그만 취흥에서 깨어난다. 재수 더럽게 없는 일이 생긴 것이다.

  이 시의 감동은 바로 이 장면에 뒤이어 일어난다. 이제 시적 화자는 떠들썩하던 술집을 나서서 혼자 집으로 돌아가야 한다. 그런데 이상하게도 남의 헌 신발이 시적 화자의 발에 편하게 맞는다. 일상의 한 자락을 이런 식으로 마감하는 초라한 귀가이지만 시인은 여기서 존재의 한 궁극적인 장면을 놓치지 않는다. "생이란 본래/ 잠시 빌려쓰다 제자리에 놓고 가는 것/ 발과 신이 따로 놀다가/ 서로를 맞추고서야 신발이 되듯/ 불운도 마음 맞추면 때로 가벼워진다" 이 구절이 주는 감동에는 무언가 가슴 한구석을 아리게 하는 애상마저 동반한다. 그러나 오롯하게 혼자서 눈길에 발자국 남기면서 집으로 걸어가는 그 모습은 존재의 절대적인 형상처럼 느껴진다. 이재무가 아니고서는 누구도 그려내기 힘든 명장면을 모든 독자들은 가슴 조이며 바라보아야 한다. 시적 출발점에서 느꼈던 소란스런 흥청거림의 술집에서 벗어나면서 이 시의 화자는 인간의 삶의 의미를 발견하고 눈길 위에서 자기 존재의 참모습을 찾는다. 신발은 잃었지만, 오히려 나의 참모습을 찾은 것이 아닌가? 이 새로운 인식의 극적 과정들을 시적으로 형상화하는 이재무의 시법이 참으로 놀랍다.

　이재무의 〈신발을 잃다〉라는 이 명편에 뒤이어 함께 읽어야 하는 작품이 〈발을 씻으며〉이다. '발'이라는 육체의 상징을 통하여 시인은 삶의 전체적인 모습을 압축한다. 이 시에 이르면 시인의 언어는 자기 관조(觀照)의 정밀성에 도달한다.

　　늦은 밤 집으로 돌아와 발을 씻는다

　　발가락 사이 하루치의 모욕과 수치가

　　둥둥 물 위에 떠오른다

　　마음이 끄는 대로 움직여왔던 발이

　　마음 꾸짖는 것을 듣는다

　　정작 가야 할 곳 가지 못하고

　　가지 말아야 할 곳 기웃거린

　　하루의 소모를 발은 불평하는 것이다

　　그렇다 지난날 나는 지나치게 발을 혹사시켰다

　　집착이란 참으로 형벌과 같은 것이다

　　마음의 텅 빈 구멍 탓으로

　　발의 수고에는 등한했던 것이다

　　나의 모든 비리를 기억하고 있는 발은 이제

　　마음을 버리고 싶은가 보다

　　걸핏하면 넘어져 마음 상하게 한다

　　늦은 밤 집으로 돌아와 발을 씻으며

　　부은 발등의 불만 안쓰럽게 쓰다듬는다

　　　　　　　　　　　　　　　—〈발을 씻으며〉 전문

이 시에서 '발'은 인간의 육체 가운데 가장 아랫부분에 해당한다. 인간은 발을 가짐으로써 땅을 딛고 서서 움직인다. '발'은 마음이 시키는 대로 아무 데나 내딛고 마음이 정하는 대로 어디든지 짓밟는다. 여기서 '발'이라는 상징적 이미지가 드러내는 구체성에도 불구하고 보이지 않는 '마음'이 '발'의 주인 노릇을 한다. 하지만 시인 이재무는 육체의 곤비함을 '발'을 통해 그려내면서도 '마음의 텅 빈 구멍'으로 인하여 생겨났던 헛된 발길의 구차함을 놓치지 않는다. "마음이 끄는 대로 움직여 왔던 발이/ 마음 꾸짖는 것을 듣는다/ 정작 가야 할 곳 가지 못하고/ 가지 말아야 할 곳 기웃거린/ 하루의 소모를 발은 불평하는 것이다" 그리고 '발' 자체가 스스로 "마음을 버리고 싶은가 보다"라고 적는다. 시인은 이 같은 몸의 언어를 따르면서 그 실질적인 경험의 구체성을 살려낸다. 그 결과 도달한 경지가 바로 자기 육체의 정화(淨化)이다. '발'을 씻고 쓰다듬으면서 시인은 드디어 자기 몸의 정화를 이룩하게 된다.

3

이재무의 시 속에는 가난한 농촌생활의 체험이 짙게 묻어나는 장면들이 많다. 그러나 이 같은 시적 모티프들은 피폐한 농촌의 삶 자체만을 문제 삼기 위한 것은 아니다. 시인은 거기 살아 숨 쉬는 사람들의 생생한 모습과 그 진실된 삶의 의미를 소중하게 보듬는다. 그가 도회인이 되어서도 떠나온 고향을 자주 떠올리는 것은 바로 그 사람다움이 시골 고향에 담겨 있기 때문이다. 도시는 사람들이 살아가는 공간이지만 사람을 위한 공간은 아니다. 이재무는 모든 사람들이 사람답게 한데 어울려 살아가는 삶의 공동체를 꿈꾼다. 그러므로 그의 시에 자주 등장하는 것이 가족이다. 그 가운데에도 아버지와 어머니의 이미지가 시의 중심에 자리 잡고 있다. 시인은 굳이 '아버지'를 '아버지'라고 부르지 않고 '어머니'를 '어머니'라고 부르지 않는다. 시인의 아버지는 '아버지'가 아니라 '아부지'이고 '어머니'가 아니라 '엄니'이다. '아부지'와 '엄니'라는 이 토속어의 감각 속에 아버지와 어머니의 모습이 각인되어 있다. 이재무가 그려내고 있는 '아부지'는 누구인가?

저물 무렵 밭둔덕에 외로이 서 있는
늙은 감나무와 나란히 서서
인생의 황혼을 억세게 갈무리하시는
아부지의 등허리엔
살아온 날의 높고 낮은 등고선이
가파르게 펼쳐져 있다
예순에서 다섯 모자란 나이에
간경화를 앓고 있는 아부지는
누가 보기에도 시한부 인생임에 틀림없는데
아직도 일 욕심엔 장정에 지지 않는다
아부지의 손길이 밭고랑을 스치면
모진 가뭄 속에서도 풋것들은
장정의 아랫도리로 온 마을을 달리고
아부지의 발길이 논두렁을 밟으면
모진 비바람 속에서도 모들의 행진
당신의 젊은 날처럼 눈에 부시다
밭둔덕 따라
지게 가득 노을을 지고 가는

아부지의 뒤켠에는

살아온 날의 금강물이

잔잔히 흐르고 있다

— 〈아부지〉 전문

시인 이재무에게 있어서 아버지는 시인 자신의 가난한 모습과 언제나 서로 겹쳐 있다. 위의 시에서 '아부지'는 밭둔덕에 서 있는 늙은 '감나무'와 동일시된다. 그의 삶은 가난한 농사꾼에 지나지 않는데, 육신은 언제나 병에 시달리며 손 놓을 수 없는 농사일에 부대낀다. 그러나 시인은 늙어가는 병든 '아부지'이지만 그 발아래 펼쳐지는 푸른 생명의 들판을 놓치지 않는다. '아부지'가 밭고랑을 갈아엎고 논두렁을 밟고 지나면 그 아래 풋것과 모가 생기를 얻고 삶의 힘을 북돋운다. 그러므로 '아부지'는 언제나 푸른 생명의 중심에 서 있다. 그것이 이재무가 그려내는 아버지이다. 그리고 이 시의 마지막 구절에서 아버지는 그대로 생의 줄기찬 역사가 된다. 시인은 이렇게 적고 있다. "밭둔덕 따라/ 지게 가득 노을을 지고 가는/ 아부지의 뒤켠에는/ 살아온 날의 금강물이/ 잔잔히 흐르고 있다"

이재무의 시 가운데 〈엄니〉라는 작품이 있다. 이것은 시의 형태로 쓴 통곡이다. 이 시에서 시상의 전반적인 흐름의 중심에 자리 잡고 있는 시적 모티프는 어머니의 죽음이다. 그런데 시인은 어머니의 죽음을 놓고 가슴 깊은 비애의 정서를 살려내기 위해 토속적인 충청도 방언의 어조를 그대로 시의 어조로 바꾼다. '떠나시는규 엄니'라는 구절이 생생하게 재현하는 것은 어머니의 죽음을 두고 그 사무치는 슬픔을 확인하며 어머니를 떠올리는 애절한 어조이다. 이는 마치 목월이 〈이별가〉에서 노래

했던 '뭐라카노?'라는 경상도 방언의 울림을 연상하게 한다. 이
러한 토속어의 공간이 아니라면 이 시는 어머니의 삶과 그 속에
담겼던 정한의 세월들을 온전히 살려낼 수 없었을 것이다.

마흔여덟 옭매듭을 끊어버리고

다 떨어진 짚신 끌며

첩첩산중 증각골 떠나시는규

살아생전 친구 삼던 예수 따라

돌아오리란 말 한 마디 없이

물 따라 바람 따라 떠나시는규 엄니

가기 전에 서운한 말

한 마디만 들려달라고 아부지는 피울음 쏟고

높은 성적 받아왔으니

보아달라고 철없는 막내는 몸부림쳐유

보시는규, 모두들 엄니에게 못 갚은 덕

한꺼번에 풀고 있는 이웃들의 몸 둘 바 모르는 몸짓들인데

친정집 빚 떼먹은 죄루다

이십 년 넘게 코빼기도 안 보이던

막내고모도 갚지 못한 가난

지 몸 물어뜯으며 저주하구유

시집오면서 청상과부 올케에게

피눈물로 맡겨놨다던 열 살짜리 막내삼촌도

어른 되어 돌아오셨슈

보시는규, 엄니만 일어나시면

사는 죄루다 못 만난 친척들의

그리움 꽃 활짝 필 흙빛 얼굴들을

보시구서도 내숭떠느라 안 일어나시는규

지축거리며 바람이 불고 캄캄한 진눈깨비 몰려와

마루 쿵쿵 울리는 동지 초이틀

성성하던 엄니의 기침 소리는

아직 살아 문풍지를 흔드는데

다섯 마지기 자갈논 가쟁이 모래밭 다 거둬들이던

그 뜨겁던 맨발 맨손 왜 자꾸 식어가는규

가뭄 탄 잡초 같은 엄니의 입술 보며

크고 작은 동생들 올망졸망 함께 모여서

지청구 한 마디가 듣고 싶은디

왜 시종 말이 없는규

궂은 날 지나 갠 날이 오면

아들 딸네 집 두루 돌아댕기며

손자손녀들 재롱 시중드는 게 소원이라시더니

그 갠 날 지척에 놔두시고선

끝끝내 아까와 못 꺼내시던

한복 곱게 차려입고서

진주댁이 쥐어준 노잣돈 쥐고

기어이 물 따라 바람 따라 떠나시는규 엄니

—〈엄니〉 전문

　　이 시에서 어머니의 죽음은 한 인간의 죽음으로 단순화된 사
건이 아니다. 아무리 매달려 '엄니'를 부르며 흔들어도 다시 들
을 수 없는 '어머니의 말없음'을 앞에 두고 갖가지 남아 있는
사연들이 절절하게 그대로 살아난다. 어머니의 삶은 그 신산함
이 '다섯 마지기 자갈논 가쟁이 모래밭'으로 압축된다. 그 좁은

터전이 어머니의 한평생이 담긴 찬란한 영토이다. 그 영토 위에서 어머니는 아들 딸 자식들을 낳고 남편 수발하면서 용케도 언제나 마음 넉넉하신 어른이었다. 그러므로 피울음의 고통으로 어머니를 지켜보는 아버지의 설움도 거기 묻어 있고, 피붙이 인연으로 가깝게 혹은 멀리 부대끼면서 살아온 일가들의 애통함도 거기 스며 있다. 어머니의 기침 소리는 차가운 겨울밤을 울리는 문풍지의 소리에 뒤섞이면서 그 존재의 끝자락을 바람으로 날린다. 그러므로 시인이 "지축거리며 바람이 불고 캄캄한 진눈깨비 몰려와/ 마루 꿍꿍 울리는 동지 초이틀/ 성성하던 엄니의 기침 소리는/ 아직 살아 문풍지를 흔드는데"라고 말하는 구절에 이르러 이 시는 무언의 통곡이 된다.

이재무의 〈시〉라는 작품에는 '아부지'의 노동과 '엄니'의 고된 일생이 그대로 한데 겹쳐진다. 마을 사람들의 힘든 삶도 거기 하나로 뭉쳐진다. 그리고 드디어 그 속에서 시인 자신의 한 편의 '시'가 어렵사리 빚어진다. 이재무의 시는 그러므로 시인 자신에게서 나오는 것이 아니다. 그것은 '아부지'의 노동과 '엄니'의 일생과 모든 마을 사람들의 삶의 합작이다. 말하자면 고된 농사의 수확인 셈이다.

가마솥에 예순의 아부지

닳고 닳은 발톱과

논밭에 잃은 죽은 엄니

일평생 손톱을 모아

솥뚜껑 넘치도록 넣어서

불을 지핀다

장작이 활활 타오른다

움막 뛰어나온 황소 울음과

신작로 자갈 튕기며

귀가 서두르는 김씨의 경운기 소리가

뒤늦게 가마솥에 뛰어든다

모든 것이 섞여

하나로 끓기를 기다리는 동안

텃밭 가득 달빛 푸른 푸성귀들

입술 훔치고 온 샛바람

아궁이 속으로 겁도 없이 기어들어가

장작의 아랫도리 긁어댄다

밤새워 불 질러도

끓을 듯 끓을 듯

아부지의 노동 엄니의 일생

또, 마을 사람들의 눈물

끓지를 않고,

—〈시〉 전문

　이 시에서 시적 화자는 가마솥 아궁이에 불을 지핀다. 거기 가마솥에는 아버지의 농사와 어머니의 일생이 그대로 담긴다. 그런데 이 두 가지 요소만이 어울리는 것은 아니다. 마을 사람들의 고된 노동이 거기 서리고 바람도 아궁이로 불어댄다. 사람이 있고 거기 자연이 함께 어울려 마치 가마솥에 한데 담기듯이 시인의 시적 발상이 거기서 비롯된다. 그러나 그것은 뜨겁게 끓어도 결코 넘쳐흐르는 법이 없다. 그저 가슴속 깊이 아무도 모르게 끓을 뿐이다. 이재무의 시가 안으로 아픈 까닭이 여기 있다.

4

이재무의 시에서 읽어낼 수 있는 시적 욕망은 〈징〉이라는 시에 함축되어 있다. 여기서 〈징〉은 시인 이재무가 울리고 싶은 소리이며 그 울림의 실체에 해당한다. 시인이 꿈꾸는 소리의 세계는 인간과 자연이 함께하는 울림이다. 그러나 지금은 그런 소리가 가능하지 않다. 온갖 소리가 있으되 자연은 자연대로 따로 울리고 사람들은 사람들의 소리만 낼 뿐이다. 사람과 자연이 함께하던 소리를 이제는 아무도 제대로 귀 기울여 들어주지 않는다.

징은 울고 싶다
다시 한 번 옛날을 울며
울음의 동그라미 속에
나무며 꽃, 사람을 가두고 싶다

그러나 지금은 아무도 그의 울음에
주목하지 않는다 그의 울음은
이미 어제이고 충분히 낡았으므로
새 악기의 향내에 취하다 보면
한때 신명으로 몸 흔들며
목청껏 부르던 노래
왠지 시들하고 구차해진다

징 속에서 사람들이 나오고 있다
징 속에 들어가
징의 일부가 되어버린 몇 사람만이

광 속 어둠 안에서
퍼렇게 녹슬고 있다

징은 울고 싶다
쩌렁쩌렁 천년을 한결같던 솜씨
울음의 곡괭이 휘둘러
거만한, 저 위선의 모래기둥
흔들고 싶다

— 〈징〉 전문

    이 시에서 〈징〉은 이미 낡은 것으로 여겨져 어두운 광 속에서
녹슬고 있을 뿐이다. 아무도 그 소리를 주목하지 않고 들어보
려는 사람조차 하나 없다. 이제는 모든 사람들이 '징'에서 떠나
버린 것이다. 그러나 '징'은 그 천년의 울림을 사람들에게 들려
주고 싶다. 이 대목에 이르러 나는 "시는 마음을 말한 것이다."
(詩言志)라는 고전의 말씀을 다시 생각한다. 마음의 움직임이 없
이는 참된 소리를 이루지 못한다고 하지만 이미 이재무는 한번
크게 그 자신 속의 마음의 징을 울렸다. 이재무의 조바심에도
불구하고 이미 우리는 그가 울리는 '징' 소리에 깊이 빠져들어
있다. 그것은 혼의 울림이기 때문이다. 아니, 그것은 천년을 이
어온 소리이기 때문이다. 누가 이재무 시의 본질이 깊은 마음
의 울림의 형식임을 부정하겠는가?

도저한 정직성과 푸른 욕망들

이형권 · 문학평론가, 충남대 교수

　이재무는 정직한 시인이다. 그의 정직성은 윤리적 태도를 넘어서 공고하게 내면화된 인생관이자 세계관으로서 뿌리 깊은 연원에서 유래한다. 이 땅의 전형적인 농촌에서 태어난 그는 가난하고 고달플지라도 싱그러운 자연과 따뜻한 가족애와 건강한 노동을 체험하면서 아름다운 유년기를 보냈다. 백마강 언저리 한 시골 마을에서 인공적인 삶이 끼어들 여지가 없는 자연스런, 너무나 자연스런 어린 시절을 보냈던 것이다. 그러나 〈엄니〉와 동생 〈재식이〉의 죽음으로 그는 더 이상 고향을 순정하고 아름다운 서정의 공간으로만 인식할 수 없게 된다. 여기에 덧대어진 저 무모했던 폭력의 시절, 1980년대 초의 정치적 상황은 그가 부정한 현실에 대한 저항과 투쟁의 언어를 찾아나서게 하는 결정적인 계기를 마련해준다. 1983년 《삶의 문학》을 통해 시인으로서의 첫발을 내딛을 때부터 그는 시대의 불의에 대항하는 정직하고 직접적인 언어를 구사하는 열혈 청년이었다. 이때부터 그는 "개구리 울음꽃 피는/ 오월의 마을"(〈빈집 1〉)보다는 "'80년 5월/ 거듭 밟히며, 그럴수록 더욱 단단히/ 다져지는 힘들"(〈불-87년 6월 10일 부처〉)에 시적 관심을 집중하게 된다. 하여 독재 세력과 외세로 대표되는 "적"(〈적 2〉, 〈적 3〉)과의 〈싸움은 이제부터다〉라고 외치면서 "세상 어지러움을 이기는 길이

/ 바로 분노에 있음"(《옥수수》)을 깨닫는다. 이로 말미암아 정신 적·현실적으로 힘겨운 고초의 세월을 겪기도 했으나, 불의의 시대와 적당히 타협하거나 굴복하는 것은 애초부터 그의 몫이 아니었다. 청년 시절부터 그는 부러질지언정 구부러지지는 않 는다는 강인한 의지를 내면화하면서 시인의 길을 꼿꼿이, 꿋꿋 이 걸어왔다.

　인생과 언어에 대한 그의 인식도 정직한, 너무도 정직한 것 이어서 '도저하다'는 말의 수식을 받아야 마땅하다. 그의 시에 서 현실이 정직하게 반영되지 않은 작위적 언어와 필요 이상의 현란한 수사는 철저하게 배제된다. 그의 정직성은, 도저하다는 말의 의미가 그러하듯이 외피적인 포즈를 벗어나 내면 깊숙이 자리 잡은 시적 상상과 방법의 원천으로 작용한다. 이런 사정 은 〈시〉에 잘 드러난다.

　　　새끼 꼬듯 살다 간 죽은 엄니의

　　　생애 매듭매듭을

　　　눈물 많은 서정으로만

　　　다 쓸 수 있겠나

　　　시장통의 악다구니

　　　껌 씹으며 어둠을 파는

　　　저 창녀의 마지막 남은 순정 이야기

　　　은유나 상징으로만 쓸 수 있겠나

　　　사월의 타는 진달래

　　　핏빛 오월의 하늘

　　　곱디고운 언어로만 쓸 수 있겠나

　　　사금파리 즐비한 세상

맨발로 걷는 이에게 바치는

노래가

청승만 떨어서야 어디 쓰겠냐

— 〈시〉 전문

　이것은 시적 대상과 시의 방법이 제시된 시론시이다. 시인이
관심을 갖는 시적 대상은 1)"새끼 꼬듯 살다 간 죽은 엄니의/
생", 2)"시장통 악다구니", 3)"창녀의 마지막 순정 이야기", 4)
"사월의 타는 진달래", 5)"핏빛 오월의 하늘" 등이다. 1)은 가
족사적인 불행을 함의하고 2)와 3)은 비루한 현실의 삶을 비유
한다. 그리고 4)와 5)는 1960년 사월 혁명이나 1980년 오월 혁
명과 관련된 역사적 현실을 뜻한다. 이들은 모두 삭막한 현실
이나 독재 사회에서는 환영을 받지 못하는 비주류의 존재들이
다. 시인은 이들 현실의 변두리에서 힘겹게 살아갈지라도 인간
으로서 지녀야 할 따뜻한 정감이나 열정 혹은 정의감을 지니고
사는 사람들에게 눈길을 준다. 이들의 전형적 인간상은 "사금
파리 즐비한 세상/ 맨발로 걷는 이"인데, 그는 "맨발"에서 유추
할 수 있듯이 고난의 길에 굽히지 않는 인내심과 자기희생적
태도를 간직한 사람이다. 또한 시를 창작하면서 경계해야 할
것으로 1)"눈물 많은 서정", 2)"은유나 상징", 3)"곱디고운 언
어", 4)"청승" 등을 제시하고 있다. 이때 1)과 4)는 험한 세상에
어울리지 않는 나약한 감정이고 3)은 구체적인 현실에 밀착되
지 못하는 순미(純美)한 언어이다. 시인은 이것들이 모두 진창
같은 인생을 견디어나가는 데 별반 도움이 되지 않는다고 본
다. 그리고 2)는 시의 간접적인 표현 방식으로서 현실에 대한
정직한 응전의 시를 위해서는 바람직하지 않은 요소이다. "은

유나 상징"에 대한 이러한 부정적인 생각의 이면에는 직정적이고 직설적인 언어가 필요하다는 인식이 담겨 있다. 따라서 〈시〉는 이재무 시가 인생과 현실에 대한 정직한 비판의 언어로 출발했음을 밝혀준다.

최근에도 이재무는 정직성을 시적 사유와 표현의 근간으로 삼고 있지만, 시적 대상은 초기시의 정치적 현실에서 벗어나 비루하고 허무한 일상적 현실에서 취한다. 대도시에서의 자본주의적 삶, 그것은 기계적이고 자동화된 삶이기에 인본주의적 진정성을 추구하는 시인의 삶과 불화를 겪을 수밖에 없다. 시인은 그 불화를 견디는 방법으로 정직한 자기 성찰을 추구한다.

> 나는 그의 정직이 때로 싫고 무섭다
> 사우나탕에 들러 습관처럼 몸 올려놓으며
> 나는 그가 깜박 속아주기를 기대해보지만
> 그의 정직에는 에누리가 없다
> 한 주일간의 방만과 일탈과 게으름을
> 그는 한 치의 오차도 없이 보여주는 것이다
> 눈금이 흔들릴 때마다 나는 비굴한 표정을 짓는다
> 나는 때로 그를 턱없이 의심하기도 하고
> 그에게 사정해보기도 하고
> 나는 또 그에게 변명을 늘어놓기도 해보는 것이지만
> 그의 대답은 한결같다
> '세상엔 공짜가 없다
> 탐욕이 마침내 그대를 쓰러뜨릴 것이다'
> 부끄러워 퉁퉁 부어오른 몸 슬며시 내려놓는 내게
> 그는 마지막 일침을 가한다

'몸을 부려야 사유가 반짝인다'

나는 그의 정직이 때로 무섭고 싫다

— 〈저울과 시〉 전문

시인은 주간 행사처럼 일주일에 한 번씩은 찾아가는 "사우나탕"에서 습관처럼 체중계에 몸을 올려놓고 지난 일주일 동안의 삶을 반성해본다. "한 주일간의 방만과 일탈과 게으름" 때문에 불어난 체중을 확인하면서 "저울"을 "의심"하고 나름의 이유가 있었노라고 "저울"에게 "사정"하면서 "변명"도 해본다. 물론 그렇다고 하여 이미 불어난 체중이 변할 리 없다. "저울"은 비록 단순한 기계에 불과할지라도 제 몸을 편안히 하고 식탐에 몰두했던 일주일간의 삶을 "에누리" 없이 정확하게 계량해줄 뿐이다. 이 기계의 정확성은 인간의 정직성을 비유한다. 시인이 "저울"의 정확성에서 유추해낸 인생의 덕목은 "탐욕"을 경계하고 "몸을 부려야 사유가 반짝인다"는 메시지이다. 즉 "몸을 부려" 부지런히 살면 삶의 진정성이 반영된 좋은 시를 창작할 수 있으나, "몸을" 아끼면서 게으르게 살면 비만한 몸처럼 볼품사나운 시만을 생산할 수밖에 없다는 것이다. 이처럼 삶을 정직하게 반영하는 '몸의 사유'는, 시는 관념적이고 지적인 유희가 아니라 구체적인 현실의 삶과 결부되어야 한다는 시인의 신념과 관련된다. 이처럼 "저울"은 시적 태도로서의 정직성을 표상한다.

이제 이 글을 위해 주어진 시편들을 보자. 이재무의 정직성은 인간의 삶이 지닌 한계적 상황이나 그로 인한 상처와 고통을 노래할 때 적극적으로 발휘된다. 시인에게 상처는 보편적 삶의 조건이나 개별적으로 특수한 삶의 조건에서 오는 것이지만, 그것은 참을 수 없는 고통의 대상이 아니라 정직하게 인정하고 감싸안아야 할 삶의 동반자이다.

> 참, 나무가 앓고 있다
> 신음도 없이 표정도 없이
> 참나무의 허리
> 그의 몸, 저 깊은 곳으로부터
> 진물이 흐르고 있다
>
> … (중략) …
>
> 상처 없이 미끈한 나무가 떨군 열매 믿을 수 없다
>
> 가려워서 어디든 몸을 문대고 비비고 싶은
> 생의 상처여,
> 낫지 말아라
> 몸속의 너를 보낼 수 없다
> 상처는 기억이고 반성이고 부활이다
>
> — 〈상처〉 부분

"참나무"는 비록 거칠고 구불구불한 외형을 지녔지만 매끈하게 자란 다른 나무들보다도 생명력이 더 강하다. "참나무"는 자신의 "상처"를 "신음도 없이 표정도 없이" 견인(堅忍)하는 존재이기 때문이다. 척박한 환경으로 인해 "진물이 흐르"는 상황에서도 생명력을 잃지 않고 살아가는 "참나무"의 모습은, 세상이 부과하는 고통스런 "상처"들을 굳건하게 견디며 살아가는 인간의 모습과 다르지 않다. 더구나 "상처가 아물 때"의 "가려움"으로 "잎을 피"(같은 시)운다는 상상은 "상처"가 지닌 역설적 의미의 발견이라 이름 붙일 만하다. 온실 속의 꽃보다는 들판의 비바람을 견디며 피어난 야생화의 향기가 더 강하듯이 "상처"는 삶의 진정성을 고양시킨다는 사실에 주목한 셈이다. 그래서 "상처 없이 미끈한 나무가 떨군 열매"의 무의미함을 인식하면서 "생의 상처여,/ 낫지 말아라"는 진술이 등장한다. 일상적으로 "상처"는 빨리 치유되거나 사라져야 할 대상이지만 이 시에서는 사정이 다르다. "상처"는 견딜 수 없는 고통이 아니라 생에 대한 "기억이고 반성"이고 새로운 생을 맞게 해주는 "부활"의 표상이다. 그러므로 "상처"는 삶의 진정성과 새로움을 발견케 하는 생산적인 가치를 담보한다.

이재무 시의 정직성을 색깔로 비유하면 푸른색이다. 그의 시에서 푸른색은 우울하고 슬픈 정조가 배제된 채 변함없이 활달한 생명 현상이나 인간 내면의 건강한 욕망을 표상한다. 오늘날, 가변적이고 말초적인 붉은 욕망의 시대에 푸름에 대한 그의 애착은 문명 현실에 대한 저항 의식을 함의한다는 점에서 사회생태학적 인식을 동반한다. 이재무 시에서 푸름의 내포적 의미가 생명, 정의, 진실 등과 같은 가치라고 보면, 이들은 아무리 세월이 흘러도 변할 수 없는 자연의 항구성과 유사한 속성을 지니기 때문이다. 이것이 바로 이재무 시가 인간적·사회적 문제를 자연의 맥락 속에서 해결해야 한다고 보는 사회생태학적 인식과 연결되는 대목이다. 이렇듯 푸른 욕망은, 단순한 자연 친화의 욕망이 아니라 타락한 사회에서 삶의 진정성을 확보하기 위한 현실의 욕망이다. 최근에 발간한 시집의 표제인 '푸른 고집'에도 드러나듯이, "아장아장 허공을 걸어가는 저 철없는 유년의/ 푸른 고집은 얼마나 환하고 눈에 부신가"의 '푸른 고집'(푸른 욕망 혹은 생명 의지)에 대한 찬탄은, "상처와 무늬와 얼룩 남을 것"(《봄날의 애가》)이라는 현실에 대한 성찰적 인식을 전제로 한다. 그런데 푸른 욕망이 더욱 유의미한 것은 아래의 시에서처럼 생명의 의미를 죽음 이후까지도 지속시켜주기 때문이다.

> 보는가, 단단한 껍질 속 웅크린
> 화약 같은 푸른 욕망을
> 어느 날 다순 햇살 다녀가서
> 일순 폭발하는,
> 저 강렬한 순녹의 빛다발
> 몸 안의 모오든 실핏줄
> 팽팽히 당겨지는 내연의 숨 가쁨
> 아는가, 참나무는 죽어서도
> 왜 숯이 되는가를
>
> ― 〈봄 참나무〉 전문

"화약 같은 푸른 욕망"은 창생하는 봄의 "참나무"에 내재한 약동하는 생명 에너지를 강조한 구절이다. 봄날의 녹음은 예상보다 급속하게 퍼져나간다. 검은 나뭇가지에 하나둘 돋아나기 시작하던 새싹들이 하루가 다르게 나무 전체로 퍼져나가는 광경은 "일순 폭발"하는 듯한 느낌을 갖게 한다. 제어할 수 없을 정도로 강력한 생명의 발양은 "화약"처럼 폭발적이면서 "푸른" 끈기를 지녔기 때문에 거의 절대적인 가치를 부여받는다. "강렬한 순녹의 빛다발"은 마치 녹색군단의 행진처럼 거칠 것 없이 세상을 지배하는 것이다. 그런데 시인은 이 "푸른 욕망"이

약동하는 현장에서 생명 현상은 그 배후에 내적 본성으로서의 생명 의지를 갖는다는 사실, 즉 푸른 생명은 "몸 안의 모오든 실핏줄"들을 모은 "팽팽"한 "내연의 숨"을 거치면서 탄생한다는 원리에 주목한다. 그리고 이처럼 내적 생명 의지가 강한 존재는 죽어서도 의미 있는 흔적을 남긴다고 본다. 즉 내공이 깊은 "참나무"는 "죽어서도" 썩지 않는 "숯"이 된다는 것인데, 이때의 "숯"은 도량이 높은 스님이 입적한 뒤에 남는 사리와 유사한 성격을 띤다. 따라서 "참나무"의 "푸른 욕망"은 죽음마저도 넘어서는 생명의 항구성을 표상한다.

푸른 욕망 혹은 푸른 생명의 외연을 확대하면 전원적인 풍경이 매개하는 삶의 풍요로움까지 포괄한다. 이재무의 시에 자주 등장하는 자연, 특히 나무는 전원적 삶의 아름다움과 공동체적인 삶의 풍요를 상징한다. 이를테면 나무는 "나의 선생 나의 누이인 나무"이고 "이 세상 가장 인자한 어른"(〈팽나무〉)이다. "팽나무"는 시인의 유년기 정서를 지배했던 존재로서 무정한 자연물 이상의 의미를 지닌다. 즉 시인이 외로울 때 친구가 되어 함께 놀아주고, 인생을 살아가는 데 필요한 지혜를 알려주고, 슬플 때에는 따뜻한 위안을 전해주던 소통의 대상이다. 시인의 유년기에 "팽나무"는 "선생"이자 "누이"와도 같은 인간적 존재였던 것이다. 세월이 흘러 "팽나무"가 쓰러지자 "우리 마을의 제일 두꺼운 그늘이 사라졌다/ 내 생애의 한 토막이 그렇게 부러졌다"(〈팽나무가 쓰러, 지셨다〉)라는 애도의 시구는 이 나무가 시인의 삶에 얼마나 많은 영향을 끼쳤는지를 알려준다. "팽나무"는 비록 사라졌지만 그와 함께했던 추억은 사라질 수 없는 법, "팽나무"는 중년이 된 오늘날에도 여전히 힘겨운 인생살이를 위로해주는 존재로 시인의 마음에 생생히 살아 있다. 그렇기 때문에 나무는 시인이게 시심을 발흥시켜주는 뮤즈와도 같은 존재로서 전원적 낙토로서의 고향과 자연을 노래하는 매개체인 것이다.

이렇듯 아름다운 유년의 기억은 시간의 흐름을 넘어 한 인간의 생에 지속적인 영향을 미친다. 옥타비오 파스의 표현을 빌리면, 유년의 시간은 시(詩)의 시간으로서 날짜 없는 시간이자 원초적 시간이기 때문이다. 기억의 저편에 존재하는 유년의 시간은 성인이 된 이후에는 현실에서의 삭막한 삶을 극복할 수 있게 하는 마음의 힘이다. 이재무 시인이 보여주는 유년의 기억들 가운데 자연물들을 반찬으로 삼았던 〈위대한 식사〉는 우리 시대가 잃어버린 건강하고 풍요로운 삶을 상징한다.

산그늘 두꺼워지고 흙 묻은 연장들
허청에 함부로 널브러지고
마당가 매캐한 모깃불 피어오르는
다 늦은 저녁 멍석 위 둥근 밥상
식구들 말없는, 분주한 수저질
뜨거운 우렁된장 속으로 겁 없이
뛰어드는 밤새 울음,
물김치 속으로 비계처럼 둥둥
별 몇 점 떠 있고 냉수 사발 속으로
아, 새까맣게 몰려오는 풀벌레 울음
베어문 풋고추의 독한,
까닭 모를 설움으로
능선처럼 불룩해진 배
트림 몇 번으로 꺼트리며 사립 나서면

태기봉 옆구리를 헉헉,

숨이 가쁜 듯 비틀대는

농주에 취한 달의 거친 숨소리

아, 그날의 위대했던 반찬들이여

─〈위대한 식사〉 전문

하루의 노동을 마친 일가족들이 "다 늦은 저녁 멍석 위 둥근 밥상"에 둘러앉아 식사를 하는 광경, 이것은 오늘날 도시 문명 속에서 살아가는 사람들이 망실한 두 가지 소중한 것들을 일깨워준다. 하나는 자연과 일체화된 삶의 아름다움이고, 다른 하나는 노동과 함께하는 삶의 건강성이다. 여기서 자연은 단순한 배경 구실에 그치는 것이 아니라 저녁 밥상에 모인 식구들과 같은 식구이거나 "반찬들"과 동격이다. "뜨거운 우렁된장 속으로"는 "밤새 울음"이 섞이고 "물김치 속으로"는 "별 몇 점"이 끼어들고 "냉수 사발 속으로"는 "풀벌레 울음"도 몰려든다. 시인은 어느 화려한 육림(肉林)보다도 소중한 "반찬들", 즉 대자연을 "반찬들" 삼아서 식사를 하니 "위대한 식사"가 아닐 수 없다. 더구나 식사하면서 반주도 한잔 했을 터, 식후에 "사립 나서면" 밤하늘에는 "농주에 취한 달의 거친 숨소리"마저 듣는 것은 온전한 주객일체의 경지이다. 푸른 자연, 푸른 밤을 배경으로 한 이 "위대한 식사"가 더욱 풍요로운 것은 건강한 노동을 한 이후("흙 묻은 연장들"을 곁에 둔 채)에 이루어졌기 때문이다. 노동은 어떠한 관념이나 이념보다도 인간을 인간답게 하는 필수적인 요건이고, "위대한 식사" 또한 위대한 노동의 필요조건이기 때문에 노동 이후의 식사는 노동만큼이나 의미 깊다.

그런데 푸른 욕망은 비옥한 자연 속에만 존재하는 것이 아니다. 고봉준령의 돌 틈이나 쓰레기장의 한구석에서 솟아오르는 초록 새싹처럼 폐허의 세계에서도 발현된다.

> 감나무 저도 소식이 궁금한 것이다
> 그러기에 사립 쪽으로는 가지도 더 뻗고
> 가을이면 그렁그렁 매달아놓은
> 붉은 눈물
> 바람결에 슬쩍 흔들려도 보는 것이다
> 저를 이곳에 뿌리박게 해놓고
> 주인은 삼십 년을 살다가
> 도망 기차를 탄 것이
> 그새 십오 년인데……
> 감나무 저도 안부가 그리운 것이다
> 그러기에 봄이면 새순도
> 담장 너머 쪽부터 내밀어 틔워보는 것이다
>
> ─〈감나무〉 전문

　시의 배경은 "십오 년" 전에 주인이 버리고 나간 농촌의 폐가인데, 주인이 떠난 폐가를 지키고 있는 "감나무"의 서정이 범상치 않다. "감나무"는 "주인"의 소식이 궁금해 바깥세상으로 귀를 내밀듯 "사립 쪽으로 가지도 더 뻗"는가 하면 "가을"에는 "주인"을 그리워하면서 "붉은 눈물" 같은 감들을 매달고 있다. 또한 한겨울 지나 "봄이면 새순도/ 담장 너머 쪽부터 틔워"본다. 추측건대 "삼십 년을 살다가/ 도망 기차"를 탄 것으로 보아 "주인"은 시대적 변화에 적응하지 못한 착한 농부일 터, 빚에 쪼들리거나 심신에 병이 들어 어디론가 줄행랑을 쳤을지라도

"감나무"는 도무지 "주인"과의 정을 잊을 수가 없다. 참 착한(?) "감나무"다. 이재무 시인의 돌올한 특기 가운데 하나인, 자연물에 감정을 투사하여 한 생애의 눈물 어린 곡절과 애틋한 정감을 형상화하는 솜씨가 매우 흥미롭다. 이처럼 폐가의 버려진 "감나무" 한 그루에서도 푸른 욕망, 즉 생명의 아름다움을 발견하는 시인의 눈은 푸르고 깊다.

푸른 욕망은 자연물과 인간의 내면에만 국한되어 존재하는 것이 아니다. 물활론(物活論)적 세계 인식에 기대면 세상에 존재하는 모든 사물이나 물질은 생명과 영혼을 간직하고 있다. 물론 이재무의 시적 인식은 신비주의적 물활론과는 다르지만, 아래의 시에서 농기계에서조차 생명을 발견하려는 태도는 헤켈(E.H. Heckel)의 생태학적 물활론과 관련지어 생각해볼 수 있다.

마을회관 한구석 고물상 기다리며
한 마리 늙고 지친 짐승처럼 쭈그려 앉은,
흙에서 멀어진 적막과 폐허를 본다
…(중략)…
돌아보면 파란만장한 노동의, 그 오랜 시간을
에누리 없이 오체투지로 살아온 그가 오늘
바람이 저를 다녀갈 때마다
무력하게 검붉은 살비듬이나 쏟아내고 있는 것이다
생각해보면 몸의 기관들 거듭 갈아끼우며
오늘까지 연명해온 목숨 아닌가
올봄 마지막으로 그가 갈아 만든 논에
실하게 뿌리내린 벼이삭들 달디단 가을볕
쪽쪽 빨아 마시며 불어오는 바람 출렁, 그네 타는데

때늦게 찾아온 불안한 안식에 좌불안석인 그를

하늘의 깊은 눈이 내려다보고 있다

— 〈깊은 눈〉 부분

　이 시의 주인공은 농촌 마을의 한구석에 방치된 낡은 농기계(시적 정황으로 보아 경운기인 듯)이다. 수명이 다해 "마을회관 한구석"에 버려진 경운기는 "적막과 폐허"의 표상이다. 그러나 이 "적막과 폐허"가 죽음을 표상하는 것은 아니다. 비록 기계로서의 수명이 다해서 "고물상"을 기다리고 있는 처지에 놓였지만, "그"의 지나온 생애로 인해 "적막과 폐허"는 죽음 이상의 의미를 지닌다. "그"는 지나온 세월을 부지런한 노동자처럼 "파란만장한 노동의, 그 오랜 시간을/ 에누리 없이 오체투지로 살아"왔기 때문이다. 농촌에서의 삶이 대개 그러하듯이, "그"는 부지런한 농부의 손과 발이 되어 농경지와 마을 곳곳을 누비면서 살아왔을 것이다. 그런데 노동이 휴식이고 휴식이 노동인 삶을 살아왔기 때문일까, "그"는 "때늦게 찾아온 불안한 안식"에도 "좌불안석"이다. 이런 모습을 "하늘의 깊은 눈이 내려다보고 있다"는 것은 철저하게 노동에 헌신한 자에게 보내는 묵시의 찬사가 아닐 수 없다. 그 "깊은 눈"은 "실하게 뿌리내린 벼이삭들"을 바라보면서 그것이 "그"의 마지막 노동에 의해 이루어진 풍요로운 결실임을 모를 리 없겠기 때문이다. 이로써 시인은 "한 마리 늙고 지친 짐승"같이 버려진 경운기에서 건강한 노동의 가치와 그 노동에 의한 생명의 풍요로움을 발견한 것이다. 그렇다면 사라지는 것의 "폐허와 적막"을 죽음의 표상으로 읽지 않고 생명의 근원적 토대로 읽어낸 "깊은 눈"은, 푸른 욕망을 지닌 시인의 눈과 다르지 않을 터이다.

지금까지 보았듯이 이재무 시의 정직성과 푸른 욕망의 언어는 일련의 저항적 성격을 띤다. 저항의 대상은 유년기의 가난한 삶, 청년 시절의 부정한 시대 현실, 중년 이후의 삭막한 도시 문명 등이다. 이들 가운데 유년기의 가난이나 부정한 시대 현실에 대해서는 앞서 언급했으므로 도시 문명에 대한 저항의 실례만을 들어본다. 위험하기 그지없는 지하철의 "검고 칙칙한 지하선로"를 과감하게 걸어가는 "살찐 쥐"를 "그는 나보다도 서울을/ 잘 살고 있다"면서 지하철에 오르는 사람들을 일컬어 "한 무리의 쥐들이 열차에 오른다"(《신도림역》)는 진술을 보자. 비정하고 약삭빠른 세상과 불화를 겪고 사는 시인은, 어두운 지하도의 위험한 선로를 오가는 "쥐"를 보고 도심의 생활에 잘도 적응하고 산다고 생각한다. 그런데 시인은 자신의 부적응을 자책하면서 도시에서 살아가는 사람들이 지하도의 "쥐"와 같다고 비판한다. 이는 이재무 시의 푸른 욕망이 단순한 낭만주의적 동경이 아니라 현실과 불가분의 관계에 놓여 있음을 암시해 준다. 또 하나, "보리"를 대상으로 "세상 옳게 이기는 길/ 그것은 바로/ 바르게 서서 푸르게 생을 사는/ 자세에 있다는 것"(《보리》)이라는 단호한 에피그램을 보면, 그의 푸른 욕망이 결국은 부정한 현실에 저항하는 생명 의지라는 점을 확인할 수 있다.

따라서 이재무는 현실의 시인이고 생명의 시인이고 인간의 시인이다. 그의 시는 현실에 대한 가차 없는 비판 정신, 건강한 생명이 넘치는 세상에 대한 욕망, 인생에 대한 진지한 성찰 의식 등을 함의한다. 표현의 측면에서는 은유법과 의인법, 활유법 등 정통적 비유법을 빈도 높게 활용하고, 때로는 메시지를 강조하기 위해 낭만적 정조나 직설적인 어법을 활용하기도 한다. 하지만 그의 기교는 항상 시적 사유에 앞서지 않는 바, 기교는 어디까지나 시적 사유를 효과적으로 전달하기 위한 방편일 뿐이다. 대교약졸(大巧若拙)이라 할까, 그의 시는 화려하고 작위적인 수사적 표현에 집착하지 않음으로써 오히려 더 큰 감동을 전해주곤 한다. 비유컨대 그의 시는 금강산 만폭동에 쏟아져 내리는 폭포수처럼 시원하고 콸콸하고 직정적이고, 백제고도 부여의 낙화암에서 뛰어내린 삼천궁녀의 도발적 절개나 계백 장군의 결사적 의지를 상속받은 듯하다. 이런 특성은 오늘날 우리 시가 결여하고 있는 부분을 벌충한다. 지나치게 미시적 상상에 기대어 인생과 현실의 밑바닥을 포복하는 데 미숙하기만 한 오늘의 우리 시단에 이만큼 울림통이 큰 육성의 시인이 어디 있으랴. 그러면 혀 구르는 소리까지 들리는 듯한 그의 큰 육성이 궁극에 도달하고자 하는 곳은 과연 어디인가? 아래의 시에서 그 대답을 찾아보면, 시는 "단호하나 구족한 돌"처럼 각진 세상과 모난 인생을 단단하고 원만하게 가꾸어가기 '위한' 것이다. 하여 그의 시는 곧장 그의 삶으로 육박(肉薄)한다.

> 각진 성정 다스려오는 동안
> 그가 울었을 어둠 속 눈물 헤아려본다
> 돌 안에는 우리 모르는 물의 깊이가 새겨져 있다
> 얼마나 많은 물이 그를 다녀갔을까
> 단단한 돌은 물이 만든 것,
> 돌을 만나 물이 소리를 내고
> 물을 만나 돌은 제 설움 크게 울었을 것이다
> 단호하나 구족(具足)한 돌 물속에 도로 내려놓으며
> 신발끈을 고쳐맨다
>
> — 〈물속의 돌〉 부분

푸른 눈빛을 지닌 늙은 개

김춘식 · 문학평론가, 동국대 교수

이재무 시인의 시선집《오래된 농담》은 마치 시인의 몸에 새겨진 세월의 이력과 기억이 그 안에 고스란히 담겨져 있는 듯한 인상을 준다. 물론 이처럼 한 시인이 기록한 작품에 그 시인의 사적인 기억과 개인사가 담기는 것은 어쩌면 자연스러운 일일 수도 있으리라.

그러나 이번 시선집에 나타난 이재무 시인의 기억은 그런 일반적인 경우보다는 훨씬 '근원적인 것'으로서 그의 시 세계를 지배하고 있는 듯하다.

첫 시집《섣달 그믐》의 시 세계로부터 오십 대에 접어든 현재의 시점까지 한 시인의 내면이 흘러온 길을 이 시선집은 잘 보여주고 있는데, 실제로 이 점은 이 선집이 이재무 시인의 시적 특질 중에서도 아주 중요한 부분을 정확히 짚어내고 있다는 사실을 의미한다. 그의 시가 생활뿐만 아니라 내면에서 동시에 뿜어져 나온 기억이라는 점, 젊은 농촌 청년에서 도시의 적막을 걷는 중년 사내가 되기까지의 긴 여정 혹은 마음의 편력이 그의 시 속에 그대로 담겨 있다는 점을 보여줌으로써 그의 시적 기원이나 특질이 쉽게 감춰질 수 있는 성질의 것이 아니라는 점을 이 시선집은 잘 보여준다.

우선, 그의 초기시들이 대부분 농촌 공동체 혹은 가족애를 근간으로 한 기억이라는 점에서 그의 시적 출발점은 '흙', '하늘', '벌레 울음소리', '밤' 등의 이미지에 집중되어 있고 이런 자연에 대한 이미지는 그의 정서의 기원에 존재하는 '연민', '가족애', '한숨'의 대응물이기도 하다. 삼십 년 가까운 시간이 흘러간 현 시점에서 자연과 농촌 공동체, 흙에 관한 정서는 그저 '과거'의 표지에 불과한 것일 수도 있을 것이다. 그러나 이재무 시인의 시 세계에서 이런 과거의 표지는 그의 정체성을 형성해온 내력으로서 여전히 그의 시적 세계의 근간을 이루고 있고 '현재화'되어 나타난다.

예를 들면, "징은 울고 싶다/ 다시 한 번 옛날을 울며/ 울음의 동그라미 속에/ 나무며 꽃, 사람을 가두고 싶다"(〈징〉 중에서)와 같은 구절은 그가 청년기를 벗어난 뒤에 쓴 작품의 일부로서, 그의 노래 속에 '나무, 꽃, 사람'이 하나의 원체험으로 존재함을 보여주는 작품이다.

> 그러나 지금은 아무도 그의 울음에
> 주목하지 않는다 그의 울음은
> 이미 어제이고 충분히 낡았으므로
> 새 악기의 향내에 취하다 보면
> 한때 신명으로 몸 흔들며
> 목청껏 부르던 노래
> 왠지 시들하고 구차해진다
>
> 징 속에서 사람들이 나오고 있다
> 징 속에 들어가
> 징의 일부가 되어버린 몇 사람만이

광 속 어둠 안에서

퍼렇게 녹슬고 있다

— 〈징〉 부분

　인용한 구절에서 보듯이, 그의 시가 "어제이고 충분히 낡"은 세계에 자신의 뿌리를 두고 있음을 시인은 스스로 잘 알고 있다. 그리고 그런 낡은 울음이 "새 악기의 향내에 취"해 "왠지 시들하고 구차해진다"는 것 또한 그는 분명히 느끼고 있다. 이 점에서 이재무 시인의 시적 세계에는 낡아가는 것에 대한 깊은 연민과 애착, 그리고 새로운 것을 자기화하려는 지속적인 노력 등 서로 상반되는 양면이 동시에 존재한다.

　그의 초기시가 낡은 세계를 대상으로 하고 있으면서도 그 정서의 측면에서는 언제나 새로운 것에 대한 열망과 동경으로 가득 차 있었다면, 중년으로 접어들 무렵의 그의 시는 현대의 일상 속에서 부딪치는 새로운 문제, 새로운 취향에 주목하면서도 자주 '뒤를 돌아보는' 기억과 회상의 태도를 보여준다.

　〈징〉에서 '징'의 일부가 되어버린 사람들은 '어제'의 사람들이지만, '퍼렇게 녹스'는 그들이 이재무 시인의 내면 속에서는 역설적으로 또한 퍼렇게 눈을 뜨고 살아 있는 존재들인 것이다. 이 점에서 "퍼렇게"라는 표현은 상당히 의미심장한 양면성을 보여준다. "퍼렇게 녹슬고"에서 '낡은 것, 어제'의 숙명을 볼 수 있다면 그렇게 밀려간 과거가 죽지 않고 "퍼렇게" 눈을 뜨고 있다는 암시에서 반대로 어떤 섬뜩한 긴장을 발견할 수 있기 때문이다.

　이런 점에서 이번 시선집의 초기시와 후기시를 서로 마주 세우고 비교해보는 것은 이재무 시인 스스로에게도 각별한 의미를 지닌 일이라고 생각된다.

> 쉰 생애 아버지의 주름살 파인
> 구불덩 구불덩 논둑길 타면
> 뒷덜미를 치는 한숨
> 뒤돌아보면,
> 찬바람만 아득하고나
>
> 무심히 발목에 차여 뒹구는
> 아버지의 맨가슴 같은
> 우렁껍질 속
> 몇 점 휘날리는 눈발이 녹고
> 눈물 넘치는 논바닥에는
> 밤마다 별꽃이 뜨네
>
> 내디딘 구두 밑창에
> 별 그림자 찌그러지는데
> 가위눌리는 신음 소리는
> 북풍에 실려 어디로 가나
> 논둑길에 뒹구는 우렁이 하나

— 〈우렁이〉 전문

"논둑길에 뒹구는 우렁이"는 그의 과거 속에 존재하는 아버지, 즉 농사꾼으로서 평생을 산 아버지의 상징이면서, 동시에 순박함과 한숨, 자연적 덕성, 그리고 그런 과거적 삶을 떠나고 싶어하는 시인의 구두 밑창에서 '찌그러지는 별 그림자', 즉 가난한 과거의 모든 것을 대표하는 사물이다. 이재무 시인의 초기 시편은 과거적인 것, 농촌, 아버지의 세계가 주를 이루고 있으며 이런 과거적인 것으로부터 벗어나고자 하는 시인의 은밀한 열망이 시인의 부채감 혹은 죄의식을 지속적으로 만들어내는 것이 특징이다.

이 점에서 초기시에 나타난 시인의 내면에는 상처와 아픔의 근원인 고향에 대한 연민, 애증과 더불어 도시에 대한 동경, 적대감이 동시에 존재한다. 새로운 것에 대한 강한 호기심만큼이나 그는 낡은 것에 대한 연민을 지니고 있고, 동시에 도시적 삶에 대한 적대감과 농촌의 성장 체험에 대한 끈끈한 애착을 함께 시 속에 표현한다. "논둑길에 뒹구는 우렁이 하나"의 숙명이 어떻게 될지 처음부터 이 시의 화자는 잘 알고 있는 점도 이런 것과 연관이 있다.

구두 밑창에서 별 그림자는 찌그러지고, 가위눌리는 신음 소리는 폭풍에 실려 날아가버린다. 그것이 '우렁이'의 숙명인 것처럼 결국 낡은 과거는 모두 '근대의 폭풍'에 날려 어디론가 사라져버릴 것이다. 시인의 연민 어린 시선과 자책감은 이런 '근대의 폭풍'을 그가 막을 수 없다는 것, 그리고 그 또한 아비의 세상과는 다른 '도시의 세대'가 되어 구두를 신고 과거를 밟으면 앞으로 나아갈 것이라는 예감과 암시에서 비롯된다.

아버지의 평생과 죽은 엄니의 생애가
고스란히 거름으로 뿌려져 있는
다섯 마지기 가쟁이 논이 팔린 지
닷새째 되는 날
품앗이에서 돌아온 둘째 동생 재식이는

한동안 잊었던 울음 쏟고 말았다

맷돌 같은 손으로 흘러넘치는 눈물 찍으며

대대손손 가난뿐인 빛 좋은 개살구의

가문의 기둥 찍고 찍었다

동생의 아이구땜으로

"정직, 성실하게 살자"

가훈이 덜컹 마루 끝으로 떨어지고

…(중략)…

팔려버려 지금은 남의 논이 된

그 논에 모를 꽂고 온 동생의 하루가

내 살아온 부끄러운 나날에

비수되어 꽂히던 달도 없던 그날 밤

건넛집 흑백 티브이 브라운관 뛰쳐나온

프로야구의 들끓는 함성이

허름한 담벼락

마구 흔들어대고 있었다

— 〈재식이〉 부분

시인의 집안 내력이 나타난 위의 작품에는 시인의 부끄러움
과 집안의 설움이 동시에 나타나 있다. 그리고 이런 집안의 몰
락 뒤에 시인의 부끄러움과 더불어 "프로야구의 들끓는 함성"
이 아랑곳하지 않고 동네 담벼락을 흔드는 장면이 묘사된다.

즉 시인의 집안 내력과 가족, 과거가 설움과 고통을 품고 있
던 것과 무관하게 세상은 무심한 '자본'을 향해 걸어가고 있는
것이다. 시인의 부끄러움은 한편으로는 무능 때문이고 다른 한
편으로는 동생 '재식이'와 같은 위치에 그가 서 있지 않기 때문

이다. 어쩌면 시적 화자는 "프로야구의 들끓는 함성"이 무엇을 의미하는지 이미 서서히 깨닫고 있고, 비정한 자본의 생리가 어떠한 것인지도 이미 '프로야구'를 통해 배워가고 있는 것이다.

"멀미가 일어/ 달게 먹은 점심의 국수가락 토해내면서/ 서울 오는 길/ 고향은 끝내 깍지 긴 내 몸/ 풀지 않았다"(《서울 오는 길》 중에서)라는 다른 시의 한 구절처럼 이재무 시인에게 '고향'은 퍼내도 마르지 않는 바닥없는 울음의 샘물로 기억된다. 고향에 대한 이런 끈끈한 미련과 운명적인 부채감이 시인으로 하여금 "달게 먹은 국수가락"을 토하게 하고 멀미를 일으키는 것이다. 시인의 '멀미'는 이 점에서 고향에 대한 '애오(愛惡)'와 '서울'에 대한 동경, 적대감, 두려움이 뒤범벅된 상태에서 오는 심리적 혼돈의 한 표현으로 보인다.

이런 시인의 '고향의식'은 그의 시적 자의식을 드러내는 다음과 같은 작품에 잘 나타난다.

가마솥에 예순의 아부지
닳고 닳은 발톱과
논밭에 잃은 죽은 엄니
일평생 손톱을 모아
솥뚜껑 넘치도록 넣어서
불을 지핀다

— 〈시〉 부분

혈연과 육친, 고향에 대한 기억이 그의 시의 전부라는 이런 자의식은 그의 초기 시편이 '고향의식'에 얼마나 집중되어 있는지를 잘 보여준다. 아버지, 어머니 그리고 가족의 전 인생과 시인의 성장 과정이 흔적으로 담겨 있는 곳, 그곳이 고향이라는 점에서 그의 시는 고향을 연상시키는 사물에 쉽게 심정적인 '거처'를 마련하곤 한다.

"돌아보니 골목 한 귀퉁이/ 부여나 공주/ 아니면 강원도 산골에서 걸어왔을까// 부끄러운 듯 봉지 밖으로/ 고개를 내민 흙 묻은 얼굴 / 천 원짜리 한 장을 주고/ 소박한 웃음과 고향을 산다"(〈고구마〉 중에서)는 시 구절처럼 '고구마'를 통해서 고향을 떠나온 자신을 재발견하고 또 고향의 '소박한 웃음'을 떠올리는 시인의 모습은 그의 고향에 대한 태도를 잘 나타낸다.

이런 이재무 시인의 초기 시편에 보이는 고향의식은 후기 시편으로 가면서 점차 기억 혹은 추억의 한 부분으로 변해가는데, 이런 추억과 기억에는 시인의 연륜, 즉 '나이 들어감'이라는 변화가 그대로 나타난다. 즉 과거에 대한 시인의 태도는 이제 한숨, 가슴 아픔 등이 아니라 아릿한 그리움, 사라져가는 것에 대한 안타까움으로 대표된다.

특히, 그의 초기 시편에는 잘 보이지 않던 가족 이외의 인물, 즉 여성이나 그리움의 대상이 그 모습을 보여준다. 〈동백꽃〉과 같은 작품은 과거의 한 단상으로 스무 해의 세월이 지난 뒤, 문득 그날의 동백꽃을 떠올리며 사라져버린 시간에 대한 그리움을 노래한 시이다. 시인의 이런 과거에 대한 기억, 그리고 태도의 변화는 과거에 대한 애오나 현재 혹은 미래에 대한 긴장, 불안감이 어느 정도 해소된 상황 속에서 나타나는 것이다. 즉 과거에 대한 그의 집착이 어느 정도 시간의 경과와 함께 약화됨과 동시에 시인의 현재적 위치가 과거의 '그곳'과 시공간적으로 멀리 떨어져 있다는 느낌 속에서 과거는 '추억'의 한 부분으로 새롭게 등장하고 있는 것이다.

비포장도로 오릿길

마음의 담장 안으로

한 잎 한 잎 떨어지던

동백꽃

낯익은 그 길 서툴게 걸으며

우린 끝내 말이 없었네

마을과 마을이 나누어지던

대추나무

집 앞길에서

가던 길 문득 멈춰

우린 짧게 웃었네

비포장도로 오릿길 너머

발바닥 아프게 걸어온 지 스무 해

바람 무늬져오는 저녁엔

마음의 뜰 가득

그날의 동백꽃 피네

— 〈동백꽃〉 전문

　"낯익은 그 길"을 "서툴게" 걸었던 기억 속에 그날의 아련함
과 순수함이 그대로 묻어 있는 것처럼, 추억 속의 그 비포장도
로는 이제 다시는 돌아갈 수 없는 시간의 저편에 있다. 이런 추
억은 마음속 깊이 살아 있는 과거에 대한 '애오'로부터도, 살아
남아야 한다는 긴장으로 가득 찬 현재와 미래의 삶으로부터도
비껴 있다. 이재무 시인의 초기시를 지배하던 '긴장감'의 두 축
인 '과거와 미래 의식'은 이제 '돌아갈 수 없는 과거'에 대한
추억을 '미적으로 자각'하는 중년의 의식으로 점차 변화한다.

"비를 몰고 오는 바람 앞에서 파랗게/ 자지러지며 환호작약하는 여름날의 나무들같이/ 청춘의 한때 누구나 죽음 같은 환희를 앓죠/ 그러나 영원히 부는 바람은 없어요/ 불시에 불어오듯 불시에 사라지죠/ 바람이 지나간 자리/ 썰물 뒤의 개펄처럼 생에 주름이 생기고/ 고독은 파랗게 눈을 뜨죠/ 부러진 가지 끝, 슬픔의 수액이 맺히고/ 부은 발등 위 너무 일찍 져버린 시간의 잎들은 쌓이죠/ 독감처럼 거듭 찾아오는 바람 앞에서/ 존재는 불안으로 펄럭이겠죠/ 안쪽에서 생겨난 바람으로 바깥을 흔들기도 하면서/ 그렇게 그늘이 넓어지고 두꺼워지죠"(〈바람〉 중에서)라는 시의 내용을 살펴보면, 과거의 애오는 어느덧 '죽음 같은 환희' 혹은 '바람'이 된다. 바람은 불시에 왔다 불시에 그치며, 남은 것은 추억과 같은 생의 주름이다. 이제 시인에게 남은 것은 '존재의 불안', 오히려 안쪽에서 생긴 바람으로 바깥을 흔드는 시기에 도달한 것이다.

이처럼 시 〈동백꽃〉의 정서는 "아프게 걸어온" '스무 해'의 시간을 순간적으로 관통하는 정서이며, 마음 안쪽에서 생겨난 바람이다. 시인의 태도나 의지와는 상관없이 독감처럼 찾아온 새로운 '바람'이 시 〈동백꽃〉을 만들어낸 정서, 곧 추억이다.

시인이 불러낸 추억은 〈부지깽이〉와 같은 시에서는 "부지깽이 하나로/ 엄닌 내게 쓰기를 가르치셨다"처럼, 더 이상 '애오'가 아닌 돌아갈 수 없는 곳에 대한 간절한 그리움으로, "몸은 무너졌으나 더운밥에 국물 뜨겁던/ 여름날 우리들의 저녁 식사여/ 냉수 사발에 발 담근 밤새 울음과 / 초저녁 별빛 몇 가닥도 건져올려/ 겉절이와 함께 밥숟갈에 걸치어주고/ 트림 한 번으로도 낮 동안의 잘못/ 용서되던 반찬 없이 배불렀던 저녁 식사여"(〈멍석〉 중에서)처럼 현재에는 사라진 과거의 정신적 풍요와 미덕으로 새롭게 나타난다. 이런 과거는 '애오', '현재의 생존'과 '미래에의 욕망'을 벗어난 것으로 시인의 현재적 갈증, 고독, 정신적 피로를 역으로 투영하고 있는 것이다.

> 모깃불 연기 사이로
> 달 속 계수나무며 은하수 토끼 한 마리
> 모두 정겹던 아, 옛날이여 흑백영화여
> 늦은 밤 홀로 먹는 저녁밥에 목이 막힐 때
> 마음의 허청 속 거미줄에 사지 묶인 채
> 추억과 함께 돌돌 말려진 너의 몸 꺼내
> 서울 천지에 펼치고 싶다
> 우리들의 둥그런 식사를 위해
>
> ― 〈멍석〉 부분

추억 속에 멍석처럼 말린 '둥그런 식사'를 끄집어내는 시인의 마음속에는 "늦은 밤 홀로 먹는 저녁밥"의 고독, '마음의 허청'이 존재한다. 이런 고독, 허무감이 이십 년 서울 생활의 산물이라면 지금 그가 불러내고 있는 추억은 그 이십 년을 한순간에 관통한 정서로서, 시인이 마음속에 품은 '가치와 아름다움'으로 새롭게 자리 잡는다. 이런 시인의 마음과 시에 나타나는 새로운 가치와 미학은 본질적으로 '추억'에서 유래하는 것으로 현재적 삶의 피폐와 정신적인 각박함, 상처, 피로 등 현대성의 무한질주에서 생긴 균열에 대한 '위로'와 '치유'를 위해 소환된 것들이다. 과거의 기억과 체험에서 상처를 응시하지 않고 '용서와 화해', '가치와 미덕'을 발견하는 시인의 시선은 이 점에서 그의 초기시와는 전혀 다른 것이라고 할 수 있다.

이 점은 그가 초기 시편에서 자신의 상처 입은 성장 과정을 통해 '공동체의 상흔', '역사적 질곡'을 인식했고 자본주의 도시의 비정함을 목도한 것과는 다른 차원에서 '지금, 여기'를 인식하고 있음을 보여준다. 즉 공동체의 상흔이나 역사의 질곡, 자본주의적인 삶의 모순을 넘어서 그가 직면한 현실은 이제 '풍요로움'과 '정신적 가치'가 사라진 '문명의 사막'이다. 이 점에서 그의 후기 시편은 '생태주의'를 포함하는 '문명론'의 입장에 서 있는 듯하다.

공동체나 개인의 문제가 투쟁과 정의라는 것으로 나타난다면, '문명의 사막'은 '가치와 윤리', '용서와 화해'에 대한 갈증을 전제로 하는 것이다. 이런 경향은 이번 시선집에 포함되지 않은 최근 시편에서 좀 더 뚜렷이 나타나지만, 이런 경향이 이미 그가 사십 대 중반을 전후로 하는 시점에서부터 나타나기 시작한다는 점은 주목을 요하는 부분이라고 할 수 있다.

굴속처럼 캄캄한
습기 찬 방에 엎드려
가겟방에서 빌려온 성인만화를 읽다
허기지면 망가진 곤로를 달래
안성탕면 한 그릇 반찬 없이 끓여먹었다
루핑 지붕을 두드리는
빗방울 소리는 사흘째
끊이지 않았고
취직자리 찾으러 간
선배는 늦도록 오지 않았다

　　　　　　　　　　　　　―〈흑석동 일기 1〉 부분

시인의 서울 생활에 대한 기억의 한 단편을 적은 이 시는 경제적인 어려움과 곤란보다는 외로움과 단자화된 개인의 소외가 더 상세히 부각되고 있는 것이 특징이다. 고단한 노동의 뒤에 펼쳐지던 '둥그런 식사'의 풍요로움이 사라진 도시의 고립 속에서 시인은 하루 종일 "성인만화"를 읽다 허기지면 "안성탕면 한 그릇 반찬 없이" 끓여먹는다.

　노동으로부터, 정신적 풍요로부터 소외된 파편화된 개인의 고립이 "습기 찬" 방 안의 풍경 속에 그대로 드러난다. 이렇듯 단자화된 개인의 고립과 사막화된 내면의 상처는 그가 '애오'로 바라보던 고향의 가난과는 또 다른 것이다. 도시 생활에의 적응이란 상대적 궁핍과 소외, 차별에 의해 마음속 깊이 상처를 쌓으며 '욕망의 노예'가 되는 과정이며 이런 가난이 아닌 '욕망'의 괴로움을 시인은 서울 생활을 통해 깨닫는다.

　　한 사흘 내리는 비는

　　비웃는다 루핑 따위가 지붕이냐고

　　판자 따위도 담벽이냐고

　　공권력의 몽둥이 되어

　　무능력한 가장, 곰팡내 나는 생활을

　　치고 패면서 비웃는다

　　지하실 따위가 방이 되냐고

　　비닐 따위도 집이 되냐고

　　농사 따위가 돈이 되냐고

　　국회의사당, 롯데백화점

　　시청, 도청, 군청 관공서를 한번 보라고

　　투기로 한몫 잡은

부동산중개사무실도 한번 보라고

젖어, 가랑잎처럼 갈피 없이 흔들리는

마음을 향해

직격탄 사과탄 마구 쏟아붓는다

정직 성실이 다 무어냐

근면이 다 무어냐

우습지 않느냐고

국민학교 낭하에까지 쫓겨와

불어터진 라면으로 허기를 끄고

새우잠 청하는, 집 잃은

사람들의 등 뒤에까지 쫓아와

물난리에 젖지 않는 자가 있다고

그들이 부럽지 않느냐고

큰비는 꾸짖어댄다

폭력과 폭언 마구 퍼부어댄다

— 〈물난리〉 전문

"큰비"가, "물난리"의 재앙이 문제가 아니라 그 물난리 통에 얻은 마음의 상처가 이 시에는 더 뚜렷이 나타난다. "큰비는 꾸 짖어댄다", "정직 성실이 다 무어냐/ 근면이 다 무어냐 / 우습 지 않느냐고"라는 시 구절에서 보듯이 부정직, 부패, 부정 등의 비윤리성보다도 '가난'이 더 비난받고 있는 현실을 보여준다. 비도덕적 삶에 대한 분노보다는 '가난'의 부끄러움과 두려움, 무기력함을 먼저 가르치고 사람들의 '욕망'의 노예가 되도록 하는 것이 바로 자본주의적 삶의 생리인 것이다. 농촌의 성장 체험을 떠나 서울 생활을 시작한 시인이 직면한 현실은 이런

'자본주의적 욕망'이 지배하는 현대성, 도시성이다.

　이재무 시인의 후기시는 이 점에서 스스로 욕망의 시스템에 소속되어가는 과정에 대한 비판적 성찰의 기록이라고 할 수 있다.

　　다 늦은 저녁 광화문 새문안교회 앞
　　나를 실어다 줄 차 기다리고 있는데
　　행인들 붐비는 인도 소음과 매연 뚫고 오는
　　절뚝거리는 늙은 개 한 마리를 보았다
　　피해망상증으로 주위 두리번거리며
　　걷는 그의 눈빛과 측은하게 쳐다보는
　　나의 눈빛이 한순간 허공에서 한 몸으로
　　얼크러져 접화되었다 등허리 가득 가시가
　　돋고 땀이 못처럼 솟아올랐다
　　저 묵직한 상처는 대관절 어디에서
　　얻어오는 것일까 그의 집은 또 어디여서
　　불구의 생활을 끌고 저토록 처절하게
　　기어가듯 하염없이 걸어가는 것일까
　　멀어져가는 그에게서 눈길 떼지 못하고
　　나는 소년처럼 울먹거렸다
　　생의 본적과 주소 잃고 멀리 타관
　　인간의 마을에서 낯선 생
　　의무처럼 살다 가는 그의 동족들을 떠올렸다
　　생각해보면 오체투지 아닌 삶이 어디 있으랴
　　어쩌면 나도 그처럼 이방의 나라에 강제
　　전입된 신민의 하나로 구인된 식민의 생
　　살아가기는 마찬가지일 것이다

다 늦은 저녁 광화문 새문안교회 앞

아직 구원되지 못한 형제 자매들 사이

비집고 걷는 늙은 개 한 마리의 푸른 눈빛

속에서 나는 노여운 슬픔을 읽고 있었다

나는 먼 전생과 후생을 보고 있었다

—〈푸른 개〉 전문

　시내를 배회하는 '늙은 개'의 모습에서 자본주의적 일상을 살아가는 자신의 초상을 발견하는 위와 같은 작품은 이재무 시인의 비판적 시선을 보여주는 대표적인 작품이다. "인간의 마을에서 낯선 생/ 의무처럼 살다 가는 그의 동족들을 떠올렸다/ 생각해보면 오체투지 아닌 삶이 어디 있으랴/ 어쩌면 나도 그처럼 이방의 나라에 강제/ 전입된 신민의 하나로 구인된 식민의 생/ 살아가기는 마찬가지일 것이다"라는 구절을 통해 알 수 있듯이, 도시의 삶이 곧 고행이며, 그 또한 이방의 도시에 살고 있음을 자각하는 것이다.

　'늙은 개'의 상징은 이 점에서 시인의 과거와 현재를 연결하는 중요한 암시가 된다. "저 묵직한 상처는 대관절 어디에서/ 얻어오는 것일까 그의 집은 또 어디여서/ 불구의 생활을 끌고 저토록 처절하게/ 기어가듯 하염없이 걸어가는 것일까"라는 질문은, 이미 상처 입은 삶을 끌고 현재까지 살아온 그 자신을 향한 독백일 수도 있는 것이다.

　상처와 모욕과 후회, 염오로 얼룩진 삶을 우리는 왜 묵묵히 살아가고 있는 것일까. 그리고 그 삶 속에서 우리는 또 어떤 구원을 꿈꾸고 있는 것일까. 이 질문에 대한 대답 속에 늙은 개의 '푸른 눈빛'과 '노여운 슬픔'의 의미가 담겨 있는 것이다.

시인이 읽은 '노여운 슬픔'은 이 점에서 시인의 과거(전생)와 미래(후생)에 대한 자각을 포함하고 있는 것이다. 과거의 삶에서 회한과 상처, 분노 그리고 동시에 용서와 화해를 읽어온 과정이 이재무 시인의 시적 여정이라면 현재와 미래에 대한 그의 판단, 기대는 '생존, 욕망'에서 점차 '사막과 구원'이라는 문명의 풍경이나 윤리적 가치의 문제로 변화되어온 듯하다.

〈푸른 개〉에 나타난 형태의 묵시록적인 암시는 그의 다른 시편에서는 좀처럼 나타나지 않는 낯선 경우에 해당되지만 이 시편의 전체적인 맥락은 그의 과거, 현재, 미래에 대한 태도와 기억에 그대로 일치한다. 어쩌면 이 시 속에 등장한 '늙은 개'의 이미지가 시인의 자화상에 해당되는 것처럼 시인의 이후 시적 행보에서 '푸른 눈빛'과 '노여운 슬픔'의 의미가 좀 더 풍부하게 개진되기를 독자들은 기대할 수도 있으리라.

어떤 의미에서든 지금까지 살펴본 것처럼, 시인의 초기에서 후기에 이르는 시편에는 기억과 체험에 대한 일정한 특징이 존재하고 있으며 이 점은 시인의 사적인 체험과도 밀착된 것이라고 여겨진다. 그리고 비교적 최근의 시편에서 나타나는 '문명사적' 시각은 시인의 현재와 미래에 대한 태도의 종착점으로 보인다. 아직 미완성이긴 하나 그의 시적 태도에는 이미 도시와 현대성에 대한 묵시록적인 암시, 그에 대한 '끌림'이 나타나 있고, 존재의 불안과 고독을 구원 혹은 생의 비애와 연관시키는 시각이 보인다.

이 점은 위에 인용한 시에서 늙은 개의 '묵직한 상처'와 "기어가듯 하염없이 걸어가는" 그의 행보가 주는 암시에도 잘 나타난다. 시인에게 남겨진 화두와 그의 미래적 행보는 이런 점에서 '노여운 슬픔'의 정체에 대한 그의 인식에 달려 있다고 할 수 있다.

'비루한 자본주의적 일상'을 살아가는 시인의 존재, 숙명이 이러한 '노여운 슬픔', '푸른 눈빛'과 도대체 무엇이 다르겠는가.

이방인의 시간

고봉준 · 문학평론가, 경희대 교수

시선집 《오래된 농담》은 이십오 년이라는 시간의 흔적과 여덟 개의 이질적인 언어들을 응축하고 있다. 시인 스스로가 '운명'("보상이 주어지지 않아도 해야 할 일들이 있다. 그것을 이름하여 운명이라 불러도 좋을 것이다.")이라고 발화한 것, 세상의 변화에 대한 탄력적인 대응을 부정하지 않으면서, 동시에 그 노력들을 모두 제자리로 되돌려놓는 그것, 시인은 그 오래된 시간을 통해 운명의 힘을 말하고, 운명과 길항하여온 이방인의 시간을 증언한다. 시선집 《오래된 농담》은 그 오래된 시간으로 짜여진 그물이고, 이질적인 것들이 결합하여 만들어낸 지층이다. 선집이라는 형식은 아이러니이다. 하나가 아닌 것들이 하나의 형상을 하고 있기 때문이다. 선집은 그 특유의 형식으로 자신을 두 번 배신한다. 단절이라는 방식으로 집(集)의 연속성을 배반하고, 지속이라는 이름으로 선(選)의 우연성을 부정한다. 그것은 발화의 방식으로 발화된 것들을 은폐하고, 침묵의 방식으로 침묵하고 있는 것들을 드러낸다. 단절과 연속, 결코 화해할 수 없는 것들 가운데에서 하나의 이야기를 끄집어내는 일. 그러므로 이 글은 불완전함으로써 완전할 수 있는 이야기여야 한다.

1 이방인, 세계의 상실

시(詩)는 하나의 세계에서 출발한다. 시는 시인의 바깥에 현존하는 대상-세계의 재현이 아니라 그 세계에 반응하고, 그 세계의 촉발에 응답함으로써 반복될 수 없는 특이성의 세계를 구성하는 행위이다. 서정시에서의 '세계'는 어떤 사물을 소유하고 그것을 자신의 지배하에 둠으로써 구성되는 것이 아니라 사물들의 비인칭성이 사라진 장소, 이른바 자아라고 불리는 것이 외부의 모든 것과 감각을 통해 만나는 곳에서 구성된다. 그러므로 세계의 변화는 궁극적으로 대상-세계, 즉 시인의 삶이 놓여 있는 현실의 변화에 그치지 않고 구성된 세계의 변화를 초래하기 마련이다. 우리는 그 변화를 언어와 형식, 가치와 지향, 그리고 감각과 태도의 변화를 통해서 느낀다. 시선집 《오래된 농담》에서 이 변화는 시간의 축을 따라 움직이되, 결코 선조적인 시간의 선분만으로 해명되지 않는 중요한 변화로 드러난다. 그 가운데에서 가장 눈에 띄는 것은 공간의 변화이다. 알다시피, 그의 초기시에서 세계는 유년이라는 시간과 농촌이라는 공간의 결합을 통해 구축된다. 첫 시집 《섣달 그믐》은 할머니-아버지-어머니로 연결되는 농촌 사회의 가난과 추억을 사실주의적인 언어로 묘사하고 있다. "목쉰 개 울음만 빙판에 자꾸/ 엎어지는데 식전에 나간 아부지"(〈겨울밤〉), "칠십 생애를 논밭의 검불"(〈할머니 무덤〉)만 긁다 죽은 할머니, "나일론 요 한 장과 천이 얇다란/ 솜이불 한 장"(〈겨울 잠〉)을 놓고 싸움을 일삼던 동생, 할머니의 가슴앓이와 아버지의 근력과 당숙의 해수병을 위해 베어진 '옻나무'(〈옻나무〉)의 세계. 시인은 이 오래된 풍경의 세계를 담담하게 그리고 있지만, "아버지의 평생과 죽은 엄니의 생애가/ 고스란히 거름으로 뿌려져 있는/ 다섯 마지기 가쟁이 논"(《재식이》)이 팔려나가는 장면이 증명하듯이 그 세계는 아름다우면서 가난한, 더러운 그리움의 세계처럼 다가온다. 그 세계 속에서 "우리 동네 제일로 오래된 나무"(《팽나무》)인 '팽나무'는 회초리가 되기도 하고, 장난감이 되기도 하고, 또 때로는 '나'의 누이였다가, 때로는 가장 인자한 어른이 되기도 한다.

　농경사회를 배경으로 한 가족사, 그 속에서 경험했던 유년의 가난, 인간과 자연이 분리되기 이전 친밀성의 세계를 노래했던 《섣달 그믐》의 농경적인 감각은, 그러나 《온다던 사람 오지 않고》에서 변두리적인 도시적 상상력으로 바뀐다. 창밖으로 들려오던 "서울행 기적 소리"는 이제 단순한 소리가 아니라 시인의 실존을 송두리째 옮겨놓는 매개물이 된다. 농경/농촌세계를 배경으로 하고 있는 《섣달 그믐》과 달리 《온다던 사람 오지 않고》는 도시의 변두리를 배경으로 삼고 있다. '변두리'란 무엇인가? 그것은 도시에 속하지만 결코 도시와 등가의 관계에 놓일 수 없는, 도시 속의 농촌이자 주변이다. 농촌과 도시가 가장 우울한 방식으로, 가장 절망적인 방식으로 만나는 공간인 이 변두리가 《온다던 사람 오지 않고》와 《벌초》의 공간적 배경이 되고 있다는 사실에 주목해야 한다. "일터에서 돌아오는 남도의 사투리들"(《마포 산동네》)이 거리를 가득 메우는 곳, "굴속처럼 캄캄한/ 습기 찬 방에 엎드려/ 가겟방에서 빌려온 성인만화를 읽"(《흑석동 일기1》)던 흑석동 등은 변두리의 공간적 상징이다.

　　아리랑 부르며 울며 넘던 고갯길을
　　숨 가쁘게 차가 달렸고
　　인간의 불빛은 꽃잎처럼 피어나는데

철들어 품은 기다림 그리움은

멀고 아득하기만 해서

마음의 심지에 타오르는 희망의 등잔불

바람 앞에 언제나 서럽고 위태로웠다

마을 사람들 마음의 손이

꽁꽁 동여맨 간절한 기구의 보따리

허리에 차고

평생을 가도 가 닿지 못할

그러나 기어이 가야만 하는

멀고 험한 길 가며

바닥을 잊은 가슴샘에서

솟는 눈물은 또 얼마나 더 퍼올려야 하는 것인가

멀미가 일어

달게 먹은 점심의 국수가락 토해내면서

서울 오는 길

고향은 끝내 깍지 낀 내 몸

풀지 않았다

— 〈서울 오는 길〉 부분

귀갓길

불현 발목을 감는

부드러운 내음의 물 젖은 목소리

돌아보니 골목 한 귀퉁이

부여나 공주

아니면 강원도 산골에서 걸어왔을까

부끄러운 듯 봉지 밖으로
고개를 내민 흙 묻은 얼굴
천 원짜리 한 장을 주고
소박한 웃음과 고향을 산다

마음의 화롯불 속
눈뜨는 불씨

여름 장마 가을 서리
밟아온 웃음과 고향
한입 크게 베어물으니
살 속 뼛속 파고드는 겨울바람도
내 오늘 하루만은 용서하고 싶어라

— 〈고구마〉 전문

　　나이 든 누이와 막내, 품앗이를 마치고 집으로 돌아가던 아낙들, 그리고 저녁 바람에 흔들리는 미루나무의 전별을 받으며 화자는 서울행 기차를 탔다. 한때 사람들이 아리랑을 부르며 넘었던 고갯길을 기차가 숨 가쁘게 달려 넘을 때마다 인가의 저녁 불빛은 기다림과 그리움으로 핀다. 마을 사람들이 평생을 가도 닿지 못할 그곳에 지금 화자는 실존을 옮기려 하고 있다. 그러나 인간의 실존이란 공간의 이동만으로 성취되지 않는 법. 시인은 그 이동의 불가능성을 "고향은 끝내 깍지 낀 내 몸/ 풀지 않았다"라고 진술한다. 이 실존의 분열은 두 번째 시집과 세 번째 시집에서 불안과 그리움의 정서로 표출된다. 〈고구마〉의 화자는 지금 두 세계의 분열과 겹침으로 인해서 시공간의 상호 침투를 경험하고 있다. 추측건대 이 시의 화자는 저녁 귓갓길에 고구마를 구매하고 있다. 그러나 화자에게 '고구마'는 단순한 간식이 아니라 저기와 여기, 그때와 지금을 이어주는 매개가 된다. 귓갓길에 자신의 발목을 붙드는 목소리 때문에 뒤돌아보지만, 그 순간 서울—변두리는 사라지고 화자는 곧장 "부여나 공주/ 아니면 강원도 산골"의 세계로 빠져든다. 빠져든다는 것, 그것은 '이곳'이 실존의 거소가 아님을 의미한다. 이재무의 초기 시편들은 '서울'이라는 공간에서 찢어진 실존을 보듬고 살아가는 존재에 관한 이야기이다.

농촌—고향이 비록 가난에 노출되어 있을지라도 긍정적인 세계로 그려졌다면, 이제 서울—도시는 '불안'과 '불행'이라는 결핍의 공간으로 그려진다. 하여 〈북한산에 올라〉의 화자는 북한산 정상에 올랐음에도 불구하고 "내려다보는 삶이/ 괴롭고 슬픈 날"로 경험하고, 〈멍석〉의 화자는 "모두 정겹던 아, 옛날이여 흑백영화여"처럼 서울에서의 "둥그런 식사"를 열망한다. 그러나 가난한 사람이 더욱 가난하게 되는 그곳에서 그러한 열망은 언제나 충족되지 않는 결핍으로만 다가올 뿐이다. 〈밤밭골에서〉의 화자는 서울의 친구들을 "맘이 허전한" 존재로 호명하는 한편, 그들이 이곳 밤밭골에서 "유년에 잃었던 파란 구슬 몇 개"를 되찾아갈 것을 희망한다. 한편 〈감나무〉에서 시인은 고향에 있는 '감나무'의 목소리를 빌려 고향과 서울의 심리적 거리를 표현한다. 이 시에서 '감나무'는 "저를 이곳에 뿌리박게 해 놓고/ 주인은 삼십 년을 살다가/ 도망 기차를 탄 것이/ 그새 십오 년인데……"처럼 '주인'에 대한 그리움을 표출하고 있지만, 실상 이 그리움의 주체는 감나무가 아니라 '주인'이다. 농촌—

고향을 떠나온 시인은 십오 년을 서울에서 살았지만 그는 "그
는 나보다도 서울을/ 잘 알고 있다"(〈신도림역〉)처럼 신도림역에
서 마주친 쥐보다 서울에 대해서 아는 것이 없다. 〈한강 철새〉
에서 전철에 몸을 실은 화자가 철교 위에서 불현듯 '부끄러움'
과 '답답함'을 느껴야 하는 것은 오랜 시간을 살았음에도 불구
하고 자신이 영원한 서울의 이방인일 수밖에 없는 운명을 직감
하기 때문이다.

2 마흔, 그 위험한 나이

이재무의 시에서 '세계'의 변화는 공간과 시간의 변모를 동
반한다. 《섣달 그믐》(1987)에서 《몸에 피는 꽃》(1996)까지가 고
향과 서울이라는 공간의 변화를 통해 실존의 찢김을 노래했다
면, 다섯 번째 시집 《시간의 그물》(1997)에 이르러 그것은 '시
간'의 변화에 의해 주도된다. 이런 까닭에 시집 《시간의 그물》
은 이재무의 시 세계에서 하나의 문턱에 해당한다. 그러나 이
'시간'의 문제는 공간의 변화를 다시 쓰는 반복이 아니라 나이
가 들어간다는 새로운 문제의식에서 촉발되는 것처럼 보인다.
한편으로 그것은 유년과 현재 사이의 극복할 수 없는 거리를
시간으로 표현한 것이지만, 또 한편으로는 '중년'이라는 삶의
시간에 도달한 시인이 자신의 삶을 반성하고 성찰하는 계기이
기도 하다. "서러운 서른"(〈벌초〉)의 나이를 지나온 시인의 시선
은 어느새 자신이 지나온 시간의 궤적을 되돌아보고 있다. 〈북
한산에 올라〉에서 정상에 오른 화자가 내려다보는 것은 서울이
라는 도시가 아니라 "돌아보면 내 걸어온 생의/ 등고선 손에 잡
힐 듯"처럼 '애증'으로 얼룩진 자신의 삶이다. 앞서 지적했듯이

〈밤밭골에서〉의 화자는 실존의 결핍을 '고향'이라는 공간의 회복이 아니라 '유년'이라는 시간으로의 귀환으로 보상하려 하고, 〈멍석〉의 화자가 떠올리는 '둥그런 식사' 역시 공간이 아니라 "아, 옛날이여"처럼 시간의 형식으로 표상된다. 이제 실존이 찢겨져 있다고 느끼는 시인의 이방인 의식은 '공간'이 아니라 '시간'의 문제로 다가온다. 그리고 그 상실의 감각이 온통 《시간의 그물》을 물들이고 있다.

> 어느새 한 아이의 아비가 된 나는
> 천둥 번개가 무섭지 않다
> 큰 죄 주렁주렁 달고 다녀도
> 쇠붙이 노상 몸에 달고 다녀도
> 이까짓 것 이제 두렵지 않다
> 천둥 번개가 괜시리 두려웠던
> 행복한 시절이 내게 있었다
>
> ― 〈무서운 나이〉 부분

> 늦도록 내 눈을 다녀간 시집들 꺼내놓고 다시 읽는다
> 한때 내 온몸의 가지에 붉은 꽃 피우던 문장들
> 책 속 빠져나와 여전히 흐느끼고 있지만 울음은
> 그저 울음일 뿐 더 이상 마음이 동요하지 못한다
> 마음에 때 낀 탓이리라 돌아보면 걸어온 길
> 그 언제 하루라도 평안한 날 있었던가
> 막막하고 팍팍한 세월 돌주먹으로 벽을 치며
> 시대를 울던, 그 광기의 연대는 꿈같이 가고
> 나 어느새 적막의 마흔을 살고 있다

적을 미워하는 동안 부드럽던 내 마음의 순은

잘라지고 뭉개지고 이제는 적보다도 내가 나를

경계하여야 한다 나도 그 누구처럼

적을 닮아버린 것이다 돌멩이를 쥘 수가 없다

과녁이 되어버린 나

결혼을 하고 아들을 낳고 아파트를 장만하는 동안

뿌리 잃은 가지처럼 물기 없는 나날의 무료

내 몸은 사랑 앞에서조차 설렘보다는

섹스 쪽으로 기울고 있다 질 좋은 밥도

마음의 허기 끄지 못한다

시가 씌어지지 않는 밤 늦도록

잘못 살아온, 지울 수 없는 과거를 운다

— 〈시가 씌어지지 않는 밤〉 전문

우리는 이재무의 시에서 종종 지울 수 없는 과거를 우는 불혹 사내와 마주친다. 언젠가 장정일이 "한국의 어느 도시엘 가나 문제가 있는 곳에/ 문제의 중년이 있고 추문이 있다. 나이 먹은 추물"이라고 비판했던 그 '중년'이 지금 시인의 가장 가까운 곳에 현존하고 있는 것이다. 서울행 기차에 몸을 실었던 청년은 "어느새 한 아이의 아비"가 되었다. 중년이 되었다는 것, 그것은 큰 죄와 쇠붙이를 몸에 주렁주렁 달고 다녀도 천둥 번개가 무섭지 않은 나이가 되었다는 것을 의미한다. 〈무서운 나이〉의 화자는, 그러나 천둥 번개를 두려워했던 시절이 불현듯 그리운 것이다. 그러나 이 느낌은 비단 아련한 과거에 대한 향수에서 그치지 않는다. 아마 그것은 자신이 그토록 비판하고 저주했던 대상이 결국 자기였음을, 하여 어느새 괴물이 되어버린 자신의 모습과 마주했을 때 느끼게 되는 충격에 필적할 것이다. 〈시가 씌어지지 않는 밤〉에서 이 충격은 청춘의 문장을 어루만지며 울음을 우는 사내의 모습으로 형상화된다. 내 안에서 타자의 현전을 목격할 때, 인간이 느끼는 고통은 상상 이상의 것이다. 그것은 세계로부터의 추방이라는 상징적인 사건이기 때문이다. 가시적인 세계가 '의미'의 측면에서 '나'와 분리될 때, 그리하여 세계의 친숙성으로부터 '나'가 멀어진다고 느낄 때 실존의 세계는 급속하게 중성화된다.

　〈시가 씌어지지 않는 밤〉에서 이 중성화된 세계의 경험은 시인과 언어의 분리로 다가온다. 늦은 밤 시인은 언젠가 한번은 자신의 몸을 다녀갔던 문장들을 다시 꺼내어 읽지만, 그 청춘의 문장들은 더 이상 아무런 울림을 주지 않는다. 그는 이 울림의 부재가 평안치 못했던 삶의 과정 때문이라고 믿는다. 그러나 벽을 치며 시대를 울던 '광기의 연대'가 지난 다음 시인은 자신이 '적막의 마흔'이라는 위태로운 나이를 살고 있음을 직감한다. 울림의 부재는 외부의 조건 때문이 아니었던 것이다. 적을 미워하면서 오히려 적을 닮아버렸음을, 그리하여 '나'가 경계해야 할 적이 자신이 되어버렸음을 깨닫는 순간 실존의 세계는 파열된다. '나'와 '자아'가 동일화되지 못하는 상황, 자신이 동일화될 수 없는 자가 되었다는 자각, 여기에는 '울음'이외의 출구가 있을 수 없다. 일상이라는 이름으로, 결혼을 하고 아이를 낳고 아파트를 장만하고 살아오면서 그는 자신이 경계해 마지않았던 '적'으로 돌변해 있었던 것이다. 마흔이란 "몸에 난 상처조차 쉽게 아물어주지 않는"(〈마흔〉) 나이가 아니던가.

3 모든 상처는 내상(內傷)이다

마흔 이후, 이재무의 시어들은 '일상'으로 내려앉는다. 일상이란 과거와 현재 사이의 연속성이나 괴리감에 사로잡히기보다는 지금―이곳의 삶에 뿌리내리는 과정을 의미한다. 물론, 이재무의 시에서 이 현재에 뿌리내리기가 긍정적인 방향성을 보여준다고 단정할 만한 근거는 없다. 오히려 일상은 '생활'이라는 이름으로 다가와 중년에 접어든 가난한 가장의 시간을 위태롭게 만들기 때문이다. 한밤중 "살진 소파에 앉아 자정 너머의 티브이를/ 노려보던 한 사내"(《냉장고》)가 충혈된 눈을 비비며 냉장고의 문을 연다. 시인은 이 냉장고에게 '그녀'라는 인칭을 부여한다. 울고 있는 그녀, 하루 24시간의 노동을 쉰 적이 없는, 그리하여 사시사철 그렁그렁 가래를 끓는 그녀의 고단한 몸을 남자가 더듬는다. 삶에 지쳐 있다는 점에서 그들은 하나다. 다음 장면에서 이 사내는 "텅 빈 거실, 울리지 않는 전화기 마주한 채"(《오후의 식사》) 홀로 오후의 때늦은 식사를 하고 있다. 또 다음 장면, 불면의 그 사내는 늦은 밤 강변에 나와 연민도, 회한도 없이 가래침을 뱉는다. '생활'은 거듭 정직한 자를 울리고, 어제의 광영은 장식적인 수사로 남았다. "누구의 가슴도 뛰게 하지 못한다 그 어떤 징후,/ 예감도 없이 강물은 흐르고 꿈도 없이 우리는 나이를 먹는다"(《한강》) 생활이란 이름의 '일상'은 이런 것이다. "제도의 모범생이 되어 순응의 시간을 흐르"는 것. 마흔 이후의 생은 아프다. 그것은 치료가 불가능하다는 점에서 치명적이고, 마음이 더 아프다는 점에서 내상(內傷)이다.

둥둥, 생활이 저만큼 떠내려간다 그러나 나는 안다 언제고 물

밖 벗어나는 순간 생활은 예의 뻔뻔한 얼굴로 돌아와 내가 한 집 안의 책임 많은 가장임을 깨쳐주리라는 것을 벌써부터 아이들은 가재잡이에 몰두해 있다 나도 슬슬 게으르게 일어나 그들 찾아나 선다 그러나 내 부실한 시력으로는 그들 찾아내는 게 생활을 이기 는 것만큼이나 멀게 느껴진다 서울서 태어나 자란 아들 녀석은 안 경 쓴 눈으로 쉽게 찾아내 연방 탄성을 질러댄다 일급수에만 산다 는 가재 아이들 눈에만 자주 그들이 들키는 것은 아이들이 아직 생활을 모르기 때문일까 그렇다면 내가 가재 쉽게 못 찾는 것이 꼭 이 시력 탓만은 아닐 것이다

— 〈가재는 일급수에 산다〉 부분

사내는 아들을 이끌고 고향에 도착했다. 어릴 적 함께 놀던 '동무'들은 보이지 않고, 한때 자신의 놀이터였던 냇가에는 비 닐봉지만 나뒹군다. 그는 이제 돌아갈 고향(유년)마저 잃어버렸 다. 오랫동안 자신이 간직해온 한 세계가 소리 없이 무너지는 순간이다. 실존의 시간으로 들어가는 문은 닫혔고, 현재하는 시간은 '생활'의 무게에 짓눌려 있다. 소중하고 익숙한 세계는 잃어버렸고, 편안한 삶은 반복적으로 '순응의 시간'을 요구한 다. 아직 물이 마르지 않은 골짜기를 찾아가려는 사내의 노력 은, 그러므로 미로의 출구를 찾는 노력을 연상시킨다. 그 골짜 기에서 사내는 한순간 '생활'이 저만치 떠내려가는 것을 본다. '본다'는 것은 분리되어 있다는 것, 사내는 이 분리에서 서늘함 을 느낀다. 그러나 그는 다음 순간, 즉 자신이 물 밖으로 나가는 순간 그 '생활'이 뻔뻔한 얼굴로 되돌아올 것임을 알고 있다. 이런 까닭에 무엇인가를 잊기 위해서, 도피하기 위해서 떠난다 는 것은 불가능하다. 그것은 한순간 우리를 떠나 있는 것처럼

느껴지지만, 우리가 삶의 시간으로 되돌아오는 순간 어김없이 귀환하기 때문이다. '생활'은 이 불가능성의 귀환이다. "내가 한 집안의 책임 많은 가장"이라는 것. 사내에게 생활의 무게는 김수영의 '적'과 같아서 보이지 않기에 싸울 수 없고, 어디에나 존재하기에 피할 수 없다. 생활을 이기는 것은 부실한 시력으로 가재를 찾는 것만큼이나 요원하다. 분노는 '생활'이라는 '시멘트둑'(《한강》)을 결코 넘지 못한다.

> 내 생은 민박이었다
> 뜨내기 생들이 잠시 유숙하는 곳,
> …(중략)…
> 세상은 가도, 가도 바가지요금이더라
> 외상은 허용되지 않았고, 집요하게 주소지를
> 따라다니는 고지서들,
> 투명한 피부를 가진 생의 장기투숙자들이
> 나는 부러웠다 마음이 정주할 집 한 채 평생 나는 짓지 못할 것
> 이다
> 뜨거운 유목의 피, 불안한 영혼
> 인상적인 마을에서 나는 기록에 대한 강렬한
> 충동에 시달렸으나 이내
> 생각을 지워버렸다 마음의 골방에
> 알량한 허세와 자존의 족보책 한 권
> 구겨넣고 오늘도 몸이 쉴 곳을 찾아 떠돈다
>
> ― 〈민박〉 부분

떠돌이는 길을 잃은 자가 아니라 세계를 잃어버린 자이다.

세상에는 너무 많은 길들이, 혹은 너무 적은 길들이 존재하지만, 떠돌이는 그 가운데에서 실존의 거소로 향하는 길을 찾지 못한다. 그것은 길의 문제가 아니라 집의 문제이기 때문이다. 돌아갈 곳이 없다는 것, 자신이 몸담고 있는 세계가 한없이 낯설게 느껴져 그 어디에서도 "마음이 정주할 집"을 발견할 수 없는 상태. 그러므로 떠돌이는 공간을 얻는 대신 장소를 잃어버린 존재임에 틀림없다. 세계의 무장소성, 시인은 그것을 '민박'으로서의 생이라고 말한다. '민박'이란 가장 편안하고 화려할 때조차 임시거처일 뿐 결코 '집/방'이 되지 못하는 건축물이기 때문이다. '민박'이 유목의 피와 불안한 영혼에 관한 건축학적 비유라면, '늙은 개'는 불구의 생활을 끌고 처절하게 방랑하는 묵직한 상처의 동물적 표현일 것이다. 〈푸른 개〉의 화자는 대로 한가운데에서 마주친 늙은 개 한 마리에게서 불안한 영혼의 운명을 본다. "생의 본적과 주소 잃고 멀리 타관/ 인간의 마을에서 낯선 생/ 의무처럼 살다" 간다는 점에서, "이방의 나라에 강제/ 전입된 신민의 하나로 구인된 식민의 생/살아" 간다는 점에서 사내와 늙은 개는 '동족'이다. 하여 사내는 늙은 개의 푸른 눈빛에서 "나의 먼 전생과 후생"을 읽는다. 생(生)이 치명적인 상처로 다가오는, 그리하여 '생활'이 '바가지요금'의 운명을 피할 수 없는 '오체투지'임을 깨달을 때, 인간에게서 세계는 사라진다.

세계를 상실한 존재에게 '현재'는 "미래를 위한 제물"(〈KTX〉)이고, "희망을 위해 피 흘리는 시간"일 뿐이다. 그는 '생활'의 중력에서 벗어나기 위해 '구멍'을 파겠지만, 그것은 팔수록 더욱 커지는 함정이 될 것이다. 시선집 《오래된 농담》의 세계는 여기까지이다. 결코 전체가 될 수 없는 이 한 권의 시집에서 시인은 그 함정으로부터 벗어날 수 있는 출구를 보여주지 않는다. 아니, 어쩌면 '생활'이라는 이름으로 모든 것이 무용하게 변하는 거대한 세계에 출구는 처음부터 존재하지 않는 것이었는지도 모른다. 이것이 우리가 이재무를 상처의 시인으로 기억하는 이유이다. 그 출구를 찾기까지 삶은 오래도록 '상처'로 남을 것이다.

이재무 시인 자선 연보

- 1958년 충청남도 부여군 석성면 현내리 396번지 이관범(李官範, 함평 이씨)과 안종금(安鍾金, 순흥 안씨) 사이에서 육 남매의 장남으로 태어났다.

- 1965년 석양초등학교에 입학하여 석성중학교, 대신고등학교를 졸업했다.

- 1978년 숭전대학교(현 한남대학교) 국어국문학과에 입학하여 1학년 때부터 또래 학생들보다는 문학하는 선배들과 자주 어울려 다녔다.

- 1980년 2월 군에 입대하여 동경사 제57연대 4대대에서 인사 서기병으로 근무하다가 1982년 6월에 제대했다.

- 1983년 무크지 《삶의 문학》에 〈귀를 후빈다〉 외 4편으로 작품 활동을 시작했다. 시인 이은봉 · 윤중호(작고) · 정영상(작고) · 전인순 · 전무용, 소설가 이은식, 평론가 김영호 · 임우기 등 선배들과 어울려 지내기 시작했다. 이 무렵 광주의 고규태 시인, 대구의 김용락 · 배창환 시인, 청주의 도종환 시인, 서울의 평론가 채광석 · 현준만, 시인 김진경 · 최두석 · 김사인 · 박영근 등과도 인연을 맺

게 되었다.

• 1984년 가을 학기로 대학을 졸업했다. '삶의 문학' 동인과 '오월
시' 동인들이 중심이 되어 만든 교육 무크지 《민중교육》에 〈교사
임용 이대로 좋은가〉라는 르포를 발표하였는데 이로 인해 교사 임
용의 좌절을 겪게 되었다. 12월 향년 48세를 일기로 어머니께서
돌아가셨다. 도서출판 '어문각' 편집부에 선배 윤중호 시인의 소
개로 근무하게 되었으나 일 년을 채우지 못하고 낙향하여 동가숙
서가식하며 지냈다.

• 1985년 사단법인 '민족문학작가회의' (현 한국작가회의)에 상임 간
사로 발탁되어 근무했다. 연년생 동생 이재식(李載植, 31세)이 사망
하여 고향에 내려가 계룡산에 유골을 뿌려주고 올라왔다.

• 1987년 민족문학작가회의 상임 간사직을 내놓고 도서출판 '청사'
에서 편집장으로 근무했다. 이해에 첫 시집 《섣달 그믐》을 도서출
판 '청사'에서 간행했다. 이 시집에 대하여 비평가 김현 선생이
특별히 주목하여 《중앙일보》 월평란에 다루었다. 이를 계기로 중
앙 문단에 이름이 알려지게 되었고 덕분에 청탁이 들어오기 시작
했다.

• 1989년 12월, 명동성당에서 단식농성을 하던 해직 교사들을 위한
시 낭송에 참가하였다가 알게 된 해직 교사 장두기와 결혼했다.

• 1990년 시집 《온다던 사람 오지 않고》(문학과지성사)를 간행했다.

• 1991년 10월 아들 이준행이 태어났다.

• 1992년 시집 《별초》(실천문학사)를 간행했다. 5월 향년 59세를 일기로 아버지가 돌아가셨다.

• 1996년 시집 《몸에 피는 꽃》(창작과비평사)을 간행했다.

• 1997년 칠 년 동안 밥 벌어먹던 대입학원 강사직을 접고 동국대학교 대학원 국어국문학과 석사과정에 입학했다. 시집 《시간의 그물》(문학동네)을 간행했다.

• 2000년 공편 저 《대표 시 대표 평론》(실천문학사)을 간행했다.

• 2001년 동국대학교 대학원 국어국문학과 석사과정을 수료했다. 계간 《내일을 여는 작가》 편집주간을 맡았다.

• 2002년 시집 《위대한 식사》(세계사)를 간행했다. 이 시집으로 제2회 난고(김삿갓)문학상을 수상했다. 공저 《우리 시대의 시인 신경림을 찾아서》(웅진닷컴)를 간행했다.

• 2003년 첫 산문집 《생의 변방에서》(화남)를 간행했다.

• 2004년 시 전문 계간지 《시작》 편집주간을 맡았다. 시집 《푸른 고집》(천년의시작)을 간행했다. 이 시집으로 2005년 제15회 편운문학상 우수상을 수상했다. 시평집 《사람들 사이에 꽃이 핀다면》(화남)을 간행했다.

• 2006년 제1회 윤동주상 문학 대상을 수상했다.

• 2007년 시집《저녁 6시》(창비), 연시집《누군가 나를 울고 있다면》
(화남)을 간행했다.

• 2009년《시작》편집주간과《내일을 여는 작가》편집주간직을 내
려놓았다.

• 2010년 두 번째 산문집《세상에서 제일 맛있는 밥》(화남)을 간행
했다.

• 2011년 시집《경쾌한 유랑》(문학과지성사)을 간행했다. 7월 열흘간
워싱턴, 뉴욕, 시카고 등지에 있는 동포 문인 등을 대상으로 문학
강연을 다녀왔다.

• 2012년 제27회 소월시문학상을 수상했다.

제27회 소월시문학상 수상 시인 시선집

길 위의 식사

초판 1쇄 2012년 9월 5일
초판 3쇄 2017년 9월 25일

지은이 | 이재무
펴낸이 | 임지현
펴낸곳 | (주)문학사상
주소 | 서울특별시 송파구 중대로38길 17(05720)
등록 | 1973년 3월 21일 제1-137호
전화 | 02-3401-8540
팩스 | 02-3401-8741
홈페이지 | www.munsa.co.kr
이메일 | munsa@munsa.co.kr

ISBN 978-89-7012-878-8 03810